フィギュール彩 ㊵

Rédacteur Le Fou

Yuzo Tsubouchi
Shoji Nadaya
Makoto Naito

編集ばか

坪内祐三・名田屋昭二・内藤 誠

figure Sai

彩流社

目次

第一章　雑誌とプログラムピクチャーの時代

(1)イントロダクション・オブ・ザ・トリオ

坪内　お二人とも昭和十一年生まれですか。

内藤　はい、そうです。

名田屋　ぼくは昭和十二年三月三十日の早生まれ。ぎりぎりです。

内藤　高田馬場の喫茶店ルノワールでの対談というのは初めてだけど、坪内さんは慣れているんでしょ。

坪内　早稲田通りのルノワールでは初めてですが、高田馬場駅前にあるルノワールは学生のころによく行きました。荒井晴彦さんの雑誌「映画芸術」の座談会は新宿ルノワールです。

内藤　映芸から出る神波史男さんの追悼文集(『この悔しさに生きてゆくべし』)に一万円だけ出した

けれど、そろそろ出るのかな。

坪内　神波さんといえば、シネマヴェーラで特集上映があって、降旗康男さんの『非行少女ヨーコ』を観てきたんです。

内藤　あの降旗さんのデビュー作には、ぼくがチーフ助監督でついたんだけど、江ノ島海岸付近をサントロペに見立てて、ぼくがB班監督で撮ったんです。外国人男女をヨットに乗せて江ノ島が写らないようにしてね。脚本は神波さんと小野竜之助さんの共作です。

坪内　ラストシーンも、佐野周二が船で旅立つ若い二人をゆるしてフランス映画風ですよね。最近、降旗さんはインタビューで、ああいう甘いのは好みでなく会社から押し付けられたって言ってましたけど。

内藤　この頃、回想記ばかり書いているから、今日は名田屋の話をじっくり聞きたいね。さっき、ちらっと聞いたんだけど、このビルのなかに名田屋の知り合いの編集プロダクションがあるの？

坪内　講談社の後輩ですか？

名田屋　そうじゃなくて、フリーの編集者のたまり場で仕事場。連絡のとれる場所なんです。

坪内　家賃も安いみたいですね。昔、ジャーナリスト専門学校もあったし。

内藤　ぼくも教えていたことがあります。絓秀実さん、渡部直己さん、四方田犬彦さんなどもいたんだよ。

坪内　そして上野昂志さんが校長でした。

内藤　ええ。学習院下でよく飲んだなぁ。
坪内　白夜書房もありますね。
内藤　筒井康隆さんの『俗物図鑑』の映画化ではお世話になりました。「発見の会」瓜生良介さんの告別式で、久しぶりに末井昭さんに会いました。南伸坊さんたちはお通夜に来てドンチャン騒ぎしてたそうですが、最近はみんな、お通夜に行くんだね。芸能界はとくにそうだけど、名田屋も勝新太郎さんなんかはよく知ってたんだろう?
名田屋　勝さんの葬儀にも出ました。何回か旅行にも一緒に行ったね。ハワイで一緒になったり、銀座で飲んだこともたびたびありました。
内藤　ええっ、そんなに親しかったの。あの有名なクスリを持ってた事件のときも?
名田屋　いや、その前だけどね。『宇宙戦艦ヤマト』のプロデューサー・西崎義展氏のプロダクションで、勝さんとわたしはともに顧問のようなことをやっていたんです。ハワイへ行ったときは一緒に石原裕次郎さんのお宅にお見舞いに行ったり、ホノルルのある店で丹波哲郎さんに会い、東京に帰ってから、雑誌『ペントハウス』で、お二人に対談をしてもらったこともあります。
内藤　おれなんかは撮影寸前に打ち切りになったテレビドラマの『警視K』の脚本を書いたり、『あいつと俺』の監督をしたりして、勝さんに雇われちゃってるからね。付き合いでは、あなたと段差があるわけだよ。六本木のキャンティあたりの思い出にしたたって……。
名田屋　加賀まりこさんや安井かずみさんが常連だったころ、わたしもときどきキャンティには顔を出していました。音楽評論家の安倍寧さんにはよくつれられて行ったなぁ。とにかく安倍さんは顔の広い人でした。

内藤　勝さんも見かけたけど、おれは三国連太郎さんを前に、萩原葉子原作の『天上の花』の脚本を書くためにノートをとってたりしたんだよ。三国さんが監督をするというんでね。

名田屋　そういえば江波杏子さんも店に来ていて、ときどき麻雀をしたこともあるなぁ。

内藤　あの頃、おれは彼女が主演する『Gメン75』のシナリオの追い込みだったんだよな。年末用のワンセットドラマという条件がついてて、きみとは天国と地獄だな。最近、大村彦次郎さん(名田屋氏とは講談社に同期入社)と、坪内さんの『父系図』(廣済堂出版、二〇一二年)の話をしていたら、あとがきで信木三郎さんの名前が出てきて、びっくりしていらした。

坪内　義理のお姉さんのバイオリニスト・諏訪根自子さんが先般(二〇一二年三月六日)亡くなられました。

内藤　ぼくは学生時代にセツルメント活動の資金集めのために、女子大生たちに諏訪根自子さんや辻久子さんの公演の切符を売ったりしていたので演奏は見ていました。

坪内　名田屋さんは信木さんとは講談社では重なっていませんか?。

名田屋　当時、信木三郎さんは神保町にあった海外出版物の版権エージェントのタトルにいて、講談社インターナショナルの副社長としてスカウトされたんですね。信木さんとはゴルフを一緒にやったり、個人的には親しかったです。

坪内　信木さんとぼくの父は旧制高校からの親友で、その次男とぼくは幼稚園からの親友です。その親子のことを『父系図』に書いたわけです。

名田屋　講談社の野間省一社長が信木さんをタトルからヘッドハンティングしてきて、講談社インターナショナルという会社をつくりました。ぼくはその前からタトルには出入りしていたので、びっくりしました。東京新聞の新庄哲夫さん（『週刊東京』編集長）は翻訳者としても有名で、タトル時代の信木さんと親しく、その新庄さんを先の安倍さんに紹介してもらい、仕事では大いに助けてもらいました。それにわたしの仲人でもあったのでね。

坪内　信木さんは面白い人で、終戦直後の銀座で東大の社会学科に通いながら、カストリ誌というわけじゃないけど漫画読物誌の編集をやっていて、英語ができるというのでタトルに引っぱられたようです。

内藤　ぼくの著書の『ヘボン博士のカクテル・パーティ』は講談社インターナショナルの編集なので、面倒をみてくれた唐澤明義さん（名田屋氏と同期入社）に、信木さんを知っていますかと訊いたら、すれ違いだっていってました。

坪内　惜しいなぁ。

内藤　信木さんのハンコでぼくの本が出たのかと思ったのに、そうじゃなかった。

坪内　信木さんは先々代の野間さんには好かれてたようですが、阿南惟幾大将の息子、惟道社長とはそりがあわなくて傍流になっちゃったんですよね。

名田屋　そうですね。昭和三十八（一九六三）年、講談社インターナショナルが創業されますが、信木さんこそ同社の骨格をつくった方でした。井伏鱒二の担当だった川島さんなどもいて、出版物の幅も文芸物も含めてかなり広かったんですよ。

坪内　川島勝さんですね。

名田屋　本社でも有名な文芸編集者で、のちに独立して自分で出版社を始めます。わたしは信木さん、川島さんとゴルフをよく一緒にやりました。

坪内　講談社インターナショナルでは、井伏鱒二、井上靖などの小説を次から次へと翻訳していったから、大江健三郎のノーベル賞もそのおかげでしょうね。

名田屋　たしかに、日本文学を海外に向けて英文で紹介するのに果たした役割は大きかったと思います。

内藤　そういえば、筒井康隆の短編小説の翻訳者としてロジャー・パルバースを推薦したことがあります。英文毎日の映画評を担当してもらっていた縁でね。ユダヤ系の英語だという編集者がいたけど、筒井さんの小説にはぴったりだといって、本は出ました。

名田屋　せんだっての朝日新聞では、川端康成がノーベル文学賞候補になってから六年ぐらい棚ざらしになっていたという記事がありましたね。

坪内　どうやら候補者の選考過程は五十年たてば公開してもいいみたいですね。

名田屋　なぜもっと早くに川端がノーベル文学賞をとれなかったかといえば、外国語に翻訳された著書が少なかったからといえるのではないでしょうか。大江さんの著書は早くから翻訳されてましたし、賞はもらわなかったけど、谷崎潤一郎も英文での出版物は比較的多かったように思います。
坪内 朝日の記事を読むと、三島由紀夫は候補にはなっていなかったようですね。一方、井上靖は候補のひとりでした。ぼくが『東京人』に勤めていたころ、まことしやかに大岡信、遠藤周作が候補になっていると聞いたことがあります。大岡さんはペンクラブに対しては力がありましたからね。

(2)企画のはじまり

坪内 では本格的にはじめましょうか。この鼎談はそもそもは内藤さんの企画なんですよね。
内藤 東映のころから企画書を書くのが好きなんだよね。じつは名田屋とぼくの早稲田の同級生に筑紫哲也氏がいて、彼が『朝日ジャーナル』編集長のとき、ぼくのことを「史上最多忙の脚本家」として取り上げてくれた。ウィリアム・サローヤンの『ママ・アイラブユー』の共訳者である岸田今日子さんの偲ぶ会を仕切ったり、筑紫氏はほんとうに面倒見がいいやつだった。
一般的に人気のある男だから彼自身を偲ぶ会だって長蛇の列。亡くなる数年前、彼が私淑していた丸山真男について語る会にも出かけていったことがあるけど、マスコミを通して彼がいうことの予想はだいたいついた。だが、一方の名田屋からは、途方もなく型破りな話が聞けるんじゃないかと思ってね。ぼくの監督した『明日泣く』の試写会のあと、名田屋と坪内さんはすでに酒を一緒に飲んだとうかがったから、三人で話す企画書を書いたんです。

坪内　内藤さんと名田屋さんはたまたま大学の同級生として知り合った。昭和三十四(一九五九)年に大学を卒業して、内藤さんは映画会社へ、名田屋さんは出版社に入られた。そして、昭和四十四(一九六九)年、名田屋さんは『週刊現代』の編集長になる。これは、いくら昔のほうが早く編集長になれたからといっても、ものすごいスピード出世ですね。内藤さんも同年、『不良番長・送り狼』で監督デビューを果たした。内藤さんの場合、サード、セカンド、チーフと助監督としてキャリアを積んでいき、野田幸男さんが『不良番長』で監督になり、そのチーフをやってようやく順番がくる。これに対して名田屋さんは、講談社のなかで編集長になるまでどのようにしてこられたのですか。

名田屋　昭和三十四年、講談社に入社したのですが、内藤の恩師でもある木村毅先生に推薦してもらい、保証人にもなってもらって入りました。ちょうどそのころ、『週刊現代』が創刊され、若い編集者を多く必要としていた時代でした。最初の一、二カ月は研修として、いろいろな雑誌を見たあと、『週刊現代』の編集部に配属されました。そのあと、編集長になるまでの十年間、ずっと『週刊現代』編集部に所属していました。

坪内　当時は出版社に入っても、文芸ものの編集ではなく、週刊誌の編集に配属されたりして、自分の適性に合っていないと思った人もいるのではないかと思いますが。

名田屋　内藤とぼくは早稲田の政経でも、受験のときに論文という科目が一つ多い新聞学科出身なので、昭和三十(一九五五)年、大学に入ったときはみんな新聞記者になろうと思っていたんです。のちにジャーナリストになった筑紫さんはたしか経済学科の出身だったたと思います。

内藤　でも結局、入社試験のあった年は、映画界の興行成績がピークだった年で、映画好きのぼくとしては東映の助監督試験しか受けなかったんだけどね。

名田屋　一方、昭和三十三年ぐらいから民放のテレビ局が次々と誕生し、大学の新卒を募集していました。そういう選択肢もあるのでは……と思うようになった。そこへ、今の天皇と美智子妃の結婚で週刊誌の創刊ラッシュが始まったんです。『週刊文春』『週刊公論』、ちょっと前に『週刊新潮』が創刊されていました。『女性自身』が創刊され、『アサヒ芸能』『週刊実話』も出ていました。当時は週刊誌といえば新聞社系週刊誌のことを指していました。『週刊朝日』をはじめ、『サンデー毎日』『週刊読売』『週刊サンケイ』『週刊東京』などが出ていました。

坪内　当時、出版社が週刊誌を出しても成功しないと思われていました。ところが『週刊新潮』が成功したのです。それで、これはいけると他の出版社系週刊誌もそれぞれの道を開拓していく。

名田屋　時代背景でいえば、テレビ時代の幕明けと学年誌の曲がり角ということがありました。小学館が『小学一年生』、それに対して講談社は『たのしい一年生』と学年誌がぶつかり合っていた。その学年誌をやめて、少年向きにマンガ誌『少年マガジン』、そして大人のライフスタイルの模索として『週刊現代』を創刊したわけです。小学館ではマンガ誌『少年サンデー』を刊行します。

（3）新入社員のころ

坪内　『週刊現代』の初代編集長は大久保房男という文芸の鬼みたいな人です。

名田屋　ぼくも薫陶を受けました。

坪内　そういう人がいきなり編集長とは、やはり当時の文芸誌には力があったのでは。

名田屋　これは野間省一社長がしいた布陣だと思います。大人向きの『週刊現代』には『群像』から大久保房男編集長、『少年マガジン』のほうは牧野武朗編集長という体制がつくられました。当時の講談社のなかではエースの起用だったと思います。わたしは『週刊現代』の配属になりました。連載小説陣をみると、川口松太郎、松本清張、石坂洋次郎と当時の超流行作家を並べています。けれども、あまり部数は伸びず、すぐに方針を変えて、流行作家を切って『群像』時代に関係を築いた純文学畑の作家を起用しました。非常に大胆な方針転換です。

坪内　大久保さんは吉行淳之介や第三の新人たちとは親しかったようですね。

名田屋　そうです。吉行さんの『すれすれ』に、安岡章太郎さんは『ああ女難』を書きました。他にも梅崎春生、奥野信太郎、外村繁、北原武夫など他誌では見られない顔ぶれでした。当時の流行作家から新しい作家に変えたわけで、柴田錬三郎は大久保さんと三田文学の関係もあって続いていました。ふたりはほんとうに親しかったです。わたしは編集長の方針でこんなにも雑誌が変わるのかと思いびっくりしました。会社にとっては危険な冒険ですからね。

坪内　柴錬さんは当時、『週刊新潮』で眠狂四郎を書かれていましたね。

名田屋　そうです。ぼくも柴錬さんとは担当者として長く付き合うことになりました。夏には軽井沢の別荘まで原稿を取りに行ったものです。とにかく講談社には週刊誌づくりのノウハウがなかったので大久保編集長はたいへんだったと思います。うちうちの話になりますが、いまと違ってフリーランスの編集者がいなくて、ぼくらは自分で取材して自分で原稿を書くというスタイルでした。素材を集めるデータマンや最終的に原稿をまとめるアンカーマンというシステムはまだできていなかった。おそらく『週刊新潮』や『週刊文春』はもう少し違っていたかもしれませんが。

坪内　ぼくには『週刊文春』だと梶山季之さん、『週刊新潮』だと井上光晴さんという人たちがトップ屋的役割をしていたという知識があります。

名田屋　たしかに梶山さんは『週刊文春』にもかかわっていましたが、『明星』出身の書き手ととらえていました。当時は作家としては遇されていなかった。本人は『新思潮』の同人で作家だという気持ちがあったかもしれませんが、光文社から『黒の試走車』が出るまではね。井上さんも『週刊新潮』でトップ屋的役割で、大久保さんからバンカラで声の大きな作家だよと聞いたことがあります。

坪内　昭和三十五、六年に推理小説ブームがあって、その一人として梶山さんが出てきました。

内藤　昭和三十九年に梶山季之原作の『赤いダイヤ』が小西道雄監督、藤田まこと主演で映画化され、ぼくはチーフ助監督でついた。そのとき、梶山さんが、山口瞳さん同伴で撮影見物のためスタジオにきたので、ぼくは急遽、セリフをつくって予告編に出てもらうことにしたんです。山口さんはあがっちゃってセリフをとちるのに、梶山さんは堂々としている。まあ、ナイーブな山口さんをぼくはさらに好きになったんだけどね。

名田屋　とにかく梶山さんは流行作家として引っ張りだこで、たいへんな枚数を書いていましたね。仲間からも尊敬されていましたが、日本推理作家協会のなかでは、あのころは事務能力のある佐賀潜さんのほうが重きをおかれていたかもしれません。

坪内　夜の十一時ごろに『六法全書君』という出演番組がありましたね。ドラマのストーリーに六法全書ではこうなると解説をつけるような番組でした。

名田屋　佐賀さんは検事出身で、光文社で『労働法入門』を書き、ベストセラーになる。佐賀さんには『週刊現代』でも連載してもらい、わたしが担当しました。銀座に事務所をもっていて、有名なフレンチレストランでよく昼食をごちそうになったものでした。原宿に彼女らしき存在の女性がいて、紹介されたこともあります。弁護士は正義の味方ではなく悪の味方だよといわれて、目からウロコが落ちたような気分になったことがありました。彼は森脇将光や小佐野賢治などの弁護士をやっていたと思います。光文社の編集担当役員になった故・松下厚は佐賀さんの次男です。

坪内　ベストセラー『労働法入門』は新聞の一面広告になりましたね。

名田屋　やがて推理小説に乗り出して、東京地検では彼のもとに事務員みたいなかたちで結城昌治さんがいました。そんなこともあって、日本推理作家協会のなかでは、佐野洋さんや三好徹さんと同じくらい大きな存在だった。その上には松本清張さんがいるんだけどね。

(4)松本清張と木村毅

内藤　名田屋は松本清張さんの担当もしたんだよね。

名田屋　ええ、担当しました。清張さんは各新聞社、各出版社が原稿の取り合いで超の付く流行作家、とにかく忙しい人でした。

坪内　名田屋さんは清張さんには会ってもらえましたか？　当時の担当編集者だった何人かに聞くと、男性編集者は会ってもらえず、女性編集者だと会ってもらえたようですが。

名田屋　そういう伝説はたしかにありましたね。締め切りまえに原稿がとれるかどうかいつも悩まされる担当者はノイローゼになるわけです。若かったのか図々しかったのか、わたしはノイローゼからは逃れられましたし、わりあい可愛がってもらいました。文芸担当編集者ではなかったけれど。大村彦次郎さんからは、「清張さんがきみのことを気にしていたから、もっとお宅に顔を出せよ」って言われたこともありました。

内藤　名田屋は清張さんと知り合ったとき、木村(毅)先生の名前は使わなかったの？

名田屋　使わなかったなぁ。

内藤　ぼくは使ったよ。

名田屋　清張さんは若いころ木村さんの『小説研究十六講』を読んで、小説とは何かを学んだと聞いたことがあります。木村さんが亡くなってからも、そのことを書いていました。

内藤　『葉脈探究の人　木村毅氏と私』ですね。

坪内　そう、「木村毅」の名は清張さんにとってキラー・カードになるんだ。

内藤　木村先生の晩年、ぼくは撮影のあいまに『木村毅座談集　明治の春秋』をまとめたんだけど、講談社からなかなか出ませんでした。そこで『明治の小説・現代の小説』という『文学界』（昭和五十一年一月号）の清張さんとの対談が入っていることをさいわいに、編集担当の高浜秀人を通して清張さんにお願いした。その結果、清張さんから講談社の幹部に連絡がいって、木村先生の生前に出版が間に合い、先生は絶筆となったあとがきで喜んでくれた。

名田屋　たとえば大久保編集長は、清張さんを純文学畑の人とは考えていませんでした。清張さんは純文学畑の人に対抗心があり、わたしの顔を見ると、わたしが大久保さんの部下であることを知っているので「大久保君ははどうしてる？」と気にして訊くんです。

坪内　たとえば『高見順日記』を読むと、高見さんは中央公論社版の文学全集の選考委員なのですが、松本清張、井上靖、獅子文六といった人たちを全集に入れるかどうかということでクエスチョンなのです。そこで、三島由紀夫が清張を入れるなら自分は委員からおりると言い出す。これに対して、高見は三島君はたのもしい、純文学は守られたというわけです。この噂を聞いた松本清張は元来、中央公論社から出る予定だった全集をおります。それくらい純文学に対する思いは強かった。芥川賞出身の作家ですしね。そういうわけで高見順は敵。大久保さんは高見さんの側ですよね。

名田屋　ふたりはほんとうに親しかったです。高見夫人もよく訪ねてみえました。大久保さんは清張さんに連載は頼んでも挨拶にはいきません。柴錬さんは三田文学の関係もあって仲が良い。清張と柴錬は週刊誌の世界では両雄です。柴錬さんは、「清張を最初に認めたのはおれだ。彼は文章より字のほうが巧い」なんてわざと皮肉を言っていました。実際、清張さんは字が美しい。

坪内　朝日新聞の広告部出身ですしね。

(5)流行作家との付き合い

名田屋　流行作家といって思い出すのは源氏鶏太さんです。『サンデー毎日』の『三等重役』とか『ホープさん』で売れて、東宝では映画にもなった。彼を担当したおかげでぼくは文芸の世界というより、流行作家の世界というものを知ることになりました。源氏さんは住友不動産の出身で、大阪在住の作家のあいだでは重きをおかれていました。「売春防止法」が施行される昭和三十三年春に、新宿で源氏さんから司馬遼太郎さんを紹介されました。司馬さんは当時、赤線のあった新宿二丁目を見てきたと言っていました。司馬さんは同人誌『近代説話』の出身で、同人の寺内大吉さんにつれられてよく訪ねました。寺内さんとのことはまた詳しくふれます。

内藤　当時はファクスやパソコンもないから、担当編集者が作家の家まで原稿を取りに行くんだろ。原稿ができてないときは作家自ら、ちょっと待ってくれと言うの？

名田屋　柴錬さんや源氏さんは、指定された時刻、指定された場所に行けば原稿はできていました。清張さんだと、電話でのやりとりから、その日の機嫌を判断し、締め切り時刻までに予定の枚数が入るかどうかの目処をつけます。まぁ、編集者のなかにはノイローゼになる者もでてくるのです。

内藤　清張さん本人は一生懸命なんでしょ？

坪内　何人もの編集者が清張さんの原稿を待ってるんだから。

名田屋　連載の一週間分は原稿十七枚と決まってる。締切りの前日に、「大丈夫ですか、間に合いますか」と必ず電話を入れます。そのときの判断で原稿がもらえそうか、難しいかの判断をする。そして挿絵画家の下高原健二さんに、こういう場面で、こういう絵が必要ですからと教える。いわゆる絵組みですね。

内藤　それでもし原稿が締め切りに間に合わなかったら？

名田屋　原稿が足りなかったら、三分の一ページ広告二本入れるとか、絵を少し大きく描いてもらったりして白いページをなくす努力をしました。

坪内　井上ひさしさんも遅筆で有名でしょ。戯曲は『すばる』に発表されるのですが、予告通り出ても、ページの下半分が広告ということがありました。

内藤　もの書きはみんな改行に悩むと思うけど、忙しい週刊誌の場合、改行で分量を増やそうということは？

名田屋　さすがに、そんな馬鹿なことはできない。もちろん文章はいじれない。校閲上、明らかな間違いは指摘し、確認します。それでも、清張さんや柴錬さんに怒られたことが何度かあります。

内藤　たとえば？

名田屋　清張さんが「どす赤い血がどくどくと流れた」と書いてきたので、これは「どす黒い」ではないですかと言ったら、清張さんは「おれの感覚でそう書いたんだ。そのままにしろ」で、電話をガチャン。一時間ほどして、「やっぱり、おまえの言うとおりだ」と電話してきました。だけど、文章をいじったり、改行したりはできません。

坪内　大村彦次郎さんの話ですと、清張さんから原稿をとって会社に戻ると、ちょうど会社に戻ってきた時間を見はからって清張さんから電話がかかってきて感想をもとめてくる。それがたいへんだったと、大村さんが言ってました。

（6）題字の大きさ

名田屋　清張さんはとくに読者の反応を気にする作家でした。「先生、好評ですよ」で、気持ちよくなってくれました。それで、清張さんが一番ライバルというか、こんちくしょうと思っていた作家が舟橋聖一さんです。

坪内　舟橋さんですか。舟橋さんといえば、丹羽文雄のライバルじゃないですか。

名田屋　文壇的というより、あくまで週刊誌的ということです。週刊誌の連載小説には題字があり、書家に頼んだりしていましたが、清張さんは字が巧いので自分で書いていました。一七行分なんだけど、あるとき、「名田屋君、題字の大きさが、ぼくより舟橋さんのほうが大きいよ」って。

坪内　舟橋さんは特別なモノサシをもっていて、東映の重役スター、片岡千恵蔵、市川右太衛門じゃないけれど、自分と丹羽文雄の名前が目次ではどちらが大きいかを計っていたそうです。大村さんに聞いて爆笑した話ですが、舟橋さんが大村さんに「ぼくより丹羽君のほうが大きいね」と。そこで大村さんが「いや、同じです」と言うと、舟橋さんは「いや、〇・〇一ミリ、丹羽君が大きい」と答えたんですって。内藤さん、映画の世界にもこういった話があって、すごいんでしょ。

内藤　ぼくはさいわい、そういう目にあったことはないですね。大作映画を撮ったことがないから。でも、東映の京都撮影所で正月の時代劇を撮る監督はたいへんだったらしい。千恵蔵さん、右太衛門さんのカットの数、サイズの大きさをぴったり合わせるんだから。そこへいくと、われわれの映画は自由そのものでした。

坪内　でもポスターなんかでは？

内藤　東京では、同じように銀座で鳴らした梅宮辰夫と川口浩が共演しても、無理にバランスをとったりして、気をつかうということはない。これがプログラムピクチャーのよさなんです。でも、松田定次監督の正月作品はたいへんだったと思いますね。

坪内　松田監督は、オールスター映画を撮る天才ですよ。スターの見せ場の時間まで、きちんと配分している。千恵蔵さんがいて、右太衛門さんがいて、中村錦之助、大川橋蔵と、それぞれに計算して。

内藤　だから、そのなかに大友柳太朗みたいに気を遣わせないスターがいると、ほっとするんだろうな。先日、文芸坐で大友柳太朗特集があって、松田定次監督の『鳳城の花嫁』を見たんだけど、素晴らしかった。ああいう時代劇はもうつくれないよね。

坪内　大河内伝次郎さんも、主役じゃなくてもいいですね。

内藤　『網走番外地』の助監督としてご一緒した嵐寛寿郎さんも飄々としていて、気をつかわせないスターだった。こういう系譜も映画界にはあるんですよ。

坪内　文壇にもいます。舟橋さんだって、ああいう子供じみたところはいいですよ。野間文芸賞の選考委員をなさっていたとき、自分の作品が候補にあがった。普通は選考委員を辞退するか、候補から降りるかするはずなのに、自分で自分を推したんです。

内藤　ぼくは舟橋聖一原作で、成澤昌茂監督、佐久間良子主演の『雪夫人絵図』のチーフ助監督をしたことがあります。そのあとについた小幡欣治作『あかさたな』を興行上の理由から、『妾二十一人・ど助平一代』へとタイトルを変えてしまった岡田茂社長も、さすがに舟橋さん相手では題名を変えることができなかった。

名田屋　舟橋さんは映画でいうと、大映というイメージですね。

坪内　シナリオライターの舟橋和郎は弟ですね。

名田屋　和郎さんとは目白の舟橋邸でよく麻雀をやりました。元・大映の宣伝にいたわたしの友人・高橋淳一さんに紹介されたのですが、聖一さんは大映にも関係があると聞きました。聖一さんの一人娘の美香子さんも麻雀が好きで、いまでも卓を囲みます。内藤の関係でいえば、女優の久保菜穂子さんとも舟橋邸でよく打ちました。

坪内　若いころ、今日出海さんと芝居をやってましたから、川口松太郎さんも含めて大映の菊池寛グループに入るんじゃないでしょうか。

(7)高見順と佐多稲子の登場

内藤　舟橋和郎さんは東映でも脚本を書いていますが、われわれには名田屋みたいに個人的な付き合いはない。ぼくがまだカチンコを打っていたとき、高見順の文壇日記を読んでいたら、同級生の唐澤明義が新橋で高見さんと飲んでるという記述があったんだ。おれのほうが文学青年だったのにと思ってね。

坪内　『偏屈系映画図鑑』にもその日記を引用されてましたね。田辺茂一さんとも一緒で。

名田屋　大久保さんとの付き合いで高見さんが『週刊現代』に連載をもち、唐澤明義が担当していました。大久保さんは最後の文士として高見さんを高く評価し、高見さんも大久保さんの言うことをよく聞いていたと思います。

内藤　『いやな感じ』がすごく面白くて、きみらを通して版権がとれるかなと。

坪内　東映でやれば、必ず岡田（茂）さんにタイトルを変えられますよ。

名田屋　佐多稲子さんのようにプロレタリア文学出身で、週刊誌には登場しそうもない人にも書いてもらいました。連載小説『愛が扉を叩くとき』。大久保さんのセンスですね。

坪内　大久保さんは『群像』では第三の新人を売り出していった。佐藤春夫門下ですしね。一方、講談社が戦時教育に加担したということで、戦後になって左翼に糾弾されたとき、中野重治に原稿を依頼する。これによって佐多稲子ら従来のプロレタリアート系作家たちも『群像』に登場するようになります。大久保さんは幅のある人脈を抱えていました。

名田屋　いまから思えば、たとえば円地文子さんが『週刊文春』に『男の銘柄』を書いて話題になりましたが、純文学畑の女性作家に週刊誌の連載を頼むのは、大久保さんがさきがけだったかな。

内藤　佐多稲子といえば、学生時代に見た、川頭義郎監督の『体の中を風が吹く』は、淡島千景がきれいで、よかった。『私の東京地図』はいまも読まれています。

坪内　窪川健造監督は佐多さんの息子ですよね。文芸評論家、窪川鶴次郎とのあいだの御子息。

内藤　吉村公三郎や新藤兼人の近代映画協会系の方です。

名田屋　佐多さんは長崎出身で、上京後、いろいろあって本郷のカフェの女給を勤め、その店にはいろんな作家が出入りしていて、美人だったから作家たちのあいだではたいへん人気があった。

坪内　丸善で働いていたこともあり、モダンな人ですよね。

（8）自分の足で稼ぐ

名田屋　『週刊現代』に配属された時代に話を戻すと、『週刊朝日』では獅子文六の『大番』、『サンデー毎日』では源氏鶏太の『新・三等重役』があってたいへんな評判で、いまよりも作家の力が週刊誌の部数増に貢献する度合いが強かったんです。したがって、作家の担当は当時はいまより重要で、また他に漫画家の加藤芳郎氏や荻原賢次氏などの原稿とりも忙しかった。とにかく取材して記事を書くために走りまわりました。やはり若いからできたのかな。

内藤　いまでも週刊誌はよく読むの？

名田屋　『週刊現代』は送ってくれるし、『週刊新潮』も読みます。『週刊新潮』にはわたし自身のスキャンダルも書かれたのでね。

坪内　週刊誌はまだよくなる可能性が残っています。昔みたいに百万部突破とかじゃなくても、編集長、スタッフしだいでよくなるのが週刊誌。面白い週刊誌は若いスタッフががんばって、街に出ていきますよ。つまらない雑誌のスタッフはコンピューターをいじって情報を集めてしまう。犬も歩けばじゃないけど、街を歩けばいくらでも面白いネタがあるじゃないか。

内藤　犬も歩けばといえば、名田屋の後輩でしょ、元木昌彦さんは。うちの近所で大学教授による殺人事件があったの。彼の文章を読むと、警察とは別に椎名町の公園をスコップで掘って、埋めてある死体を探そうとしたって。えらいやつがいるなあと思った。

名田屋　元木氏はぼくが編集長のとき、新入社員として入ってきたのかな。

坪内　ぼくの知っている女性の新聞記者は、勝新太郎の重病説が流れたとき、病院の勝新さんの部屋に看護婦姿で入り、呼吸をしているかどうかを確認したと。

内藤　それもすごい。記者たちはほんとに死体探しまでやるの？

名田屋　若いころはそういうこともあるでしょうね。ところが、編集長になると管理職の面が強くなって、編集活動の中身が変わってしまう。

坪内　でも、昭和四十四年に編集長になったのは明らかに抜擢ですよね。名田屋さんより社内的にキャリアが上の人がいたのでは？

名田屋　いましたね。『週刊現代』編集部にはフリーランスではない社員編集者が二十七、八人。カメラマンを入れると三十人ほどの大部隊になります。編集長であるぼくのもとに副編集長が六人ほどいて、みんな年上でした。みんな妻帯者で、ぼくだけが独身。ここで言いたいのは、編集長になると、あれをやれ、これをやれと若い人に指示をして、考えることが多く、自分で現場を歩きまわることがなくなるわけです。頭だけ使って足を使わなくなるんですよ。部数増や広告収入、次の企画やタイトルのことばかり考えるようになってしまいます。

内藤　一兵卒というかヒラだったほうが良かったの？

名田屋　ヒラで歩きまわっていたほうが面白かったんじゃないかなぁ。

坪内　でも、若くして編集長になったということは、特筆すべき連載を手がけたとか、スクープ記事を書いたりしたせいでは？

名田屋　ぼくが編集長になったのは『少年マガジン』の売り上げを伸ばし『週刊現代』を躍進させた元編集長の牧野武朗さんの推薦です。野間省一社長が、「名田屋君みたいな若いのが編集長で大丈夫なのか」と心配していたとあとで聞きました。社内的には牧野さんみたいな人は敵も多い。やり手ワンマン的な編集長はどうしてもそうなります。

坪内　しかも、漫画雑誌はまだまだ下に見られていたのでは？

名田屋　牧野さんは、「わたしが作ろうと意図する雑誌はこういうものだ」というのが明確で、編集方針がはっきりしていました。その下で働く者としては、こういう案を出せば、「すぐやれ」ということになるのが、よくわかりました。いまから思えば、スクープを出したことより、牧野さんがやりたい雑誌の期待にわたしが少しでも応えたということですかね。ちょっとここで、連載小説やマンガ、コラムを担当していた以外に、記者として特集記事づくりに頭や足をフル活動させていた編集者時代を思い返してみると、特に目立った活躍はないのですが、新入社員時代に「黄金艦隊乗船記」というルポで社長賞をもらったり、吹原事件をスクープしたり、「胃袋パトロール」の欄に、当選したばかりのケネディ大統領の原稿をもらったりして、ちょっと目立った面もあったかもしれません。だからなのか、大久保編集長時代にできた社の国内留学制度の第一回目に選ばれたり、また牧野編集長時代にできた海外留学制度の第一回目にも選ばれました。こうして振り返ってみると、編集長のおぼえは良かったのでしょうかね。

(9)サラリーマン相手の雑誌

名田屋　牧野さんのもとで働いていて、ハッとしたのは、彼が「自分の作りたい雑誌の読者はサラリーマンである」と明言したこと。週刊誌はサラリーマンが主に通勤電車のなかで読むものなんだということ。だから、平均的読者像を三十歳前後のサラリーマンに置くと、彼らの関心事は何か。それを徹底的に追求したものが自分が作りたい雑誌だというわけです。牧野さんが編集長になって編集会議で最初に打ち出した特集が「サラリーマンの安い背広の買い方」だった。編集部員はみな、ポカンとした。わたしなんかも新聞学科を出て、時の佐藤内閣や田中角栄についてジャーナリスティックな記事を書くのが記者の本分と考えていたわけで、「背広の買い方?」には度肝を抜かれました。編集長が「これをやれ!」と号令をかけても、みんなが尻ごみするから、「わたしがやります」と手をあげました。要するに、世の中の政治や経済の動きを読者に伝えることも大事かもしれないが、読者であるサラリーマンにとっては、どのようにして安くてカッコいい背広が買えるかということのほうが、読者には関心事だという発想なんですよ。

坪内　のちに牧野さんが手がけた健康雑誌にも通じますね。すごくプラグマティックというか。

内藤　その方はどうしてそういう発想になってきたのかな？

名田屋　牧野さんは東京高師文理大の出身でいわゆる文学青年ではない。教育者です。少年誌の編集を手がけてきた人ですが、編集にかける粘りはそこいらへんの人とは違ってすごかった。たしかに言われてみれば、『週刊現代』は主にサラリーマンが買うもので、主婦や学生は読者としては少数だ。プラスアルファとして女性にも買ってほしいけど、まずサラリーマンに徹底したほうがいい。話がとぶけど、のちにモータリゼーションが進んでマイカー通勤者が増えると、週刊誌の売り上げがいったん減りましたからね。

内藤　サラリーマンが駅の売店に寄らない。

名田屋　でも、郊外に家やマンションを構えて通勤時間が長くなると、雑誌の売り上げも増えます。もう一度、『週刊現代』のコンセプトを整理すれば、「サラリーマンの色と欲」。つまり、お色気と金儲けということです。

坪内　事実、そういった路線で、昭和四十二（一九六七）年には百万部を突破。そして、そのラインがあるなということで、小学館が『週刊ポスト』を創刊します。

名田屋　牧野さんのあとは荒木博編集長で、わたしはそのときニューヨークに飛ばされるというか、留学します。そして、帰ってきたら荒木さんは社を辞めましたが、荒木さんは牧野さんのやりかたを一番うまく徹底させています。

坪内　そういう流れだったんですね。荒木さんは小学館に移って『週刊ポスト』を創刊します。

名田屋　『週刊ポスト』の創刊のとき、彼はスカウトされました。

坪内　名田屋さんは外国から戻って編集長になる。オルリー空港で五木寛之さんに会ったと内藤さんの企画書にありますが、五木さんとはいつごろからの付き合いですか？

名田屋　荒木編集長のとき、ぼくは副編集長で小説全般の責任者もやっていました。梶山季之さんが『かんぷらちんき』を連載しており、これがエロ小説だとして警視庁に摘発されました。当時の星野哲次専務と荒木編集長の判断で連載打ち切りが決まり、梶山さんは「講談社は警察権力に何か言われると作家に休載させる」と自分が所属している日本推理作家協会に訴えたのです。協会の佐野洋さんたちが講談社に抗議しに来ました。「協会は講談社の雑誌には協力できない」と猛抗議。このため『週刊現代』の小説連載陣はガタガタになってしまったのです。

(10)五木寛之の『青春の門』

名田屋　その後、ぼくは外国に出たのですが、パリ五月革命のころ、偶然、オルリー空港で五木さんに出会う。もうグッドタイミングとばかりに、「推理作家たちがぜんぜん協力してくれないので困っているんです。今度、うちの雑誌に原稿を書いてください」と。五木さんはまだ新進作家といってもいい時代でした。五木さんは覚えていないかもしれませんが、最初に切り出されたのは、学習院出身の女性を主人公にして華族の性の世界を書きたいということでした。わたしが編集長になってすぐ、五木さんに会いにいったら、すでに考えが変わっていて、「いま流行の東映やくざ映画のような世界を書こうか」ときました。ぼくは五木さんの原稿がほしいから、「それは面白い、結構ですね」と。それにしても、五木さんの時代の動きを見る感受性の鋭敏さに驚かされました。

坪内　五木さんは筋が通っていますね。東映の任侠映画の最初は『日本侠客伝』とされてますが、『人生劇場』だという説もある。『青春の門』は、尾崎士郎の『人生劇場』の現代版といえます。

名田屋　五木さんは福岡の出で炭鉱町のこともよく知っているから、『青春の門』は五木さんにとって最初の週刊誌小説ですが、あとはまかせきりでした。

坪内　『人生劇場』は三州吉良港が舞台ですが、東映の任侠映画では『花と竜』とか炭鉱町がしょっちゅう出てくる。

内藤　主人公・伊吹信介はぼくや名田屋の同学年くらいの設定で、早稲田の文学部社会学科に通っているんだよ。

坪内　五木さんよりちょっと下ということですね。

名田屋　推理作家たちから反発をくったあと、そのとき連載していたのは小島直紀、邦光史郎といった顔ぶれで、売れっ子とはいえなかった。それで五木さんと並んでお願いしたのが川上宗薫さんでした。

坪内　川上さんはもうエロのほうにハンドルを切っていたんですか?　もともとは純文学の人ですが。

名田屋　もうエロのほうでした。わたしは川上さんとは個人的にも相当親しくしていたので、それまでにもエッセイで軟派モノを書いてもらっていましたが、小説をお願いしました。そのあと何年かして、推理作家協会の作家たちも戻ってきました。

内藤　文学史的には梶山季之の事件によって『青春の門』が誕生したわけだ。まだ未完なんだろ？

名田屋　五木さんのライフワークですからね。

坪内　『青春の門』は第三部と第四部のあいだに、ちょっと空白があります。ぼくが早稲田高校に入った一九七四(昭和四十九)年には第三部が完結していて、一九七六(昭和五十一)年かな、第四部が始まるというので、ものすごい広告が出て、しかもよく売れました。

名田屋　五木さんは一九七二年、休筆宣言をして、連載をやめました。

坪内　その年、柏原兵三が急逝しました。六〇年代末にいろいろな雑誌が出て、作家たちは忙しくなった。執筆を断れば次に仕事の注文がこなくなるという怖れもある。柏原さんは純文学作家だったけど、大衆小説家のように仕事をしすぎて四十そこそこで死んでしまう。それに危機感を抱いて五木さんや梶山さんは休筆したんでしょう。

名田屋　ずっとあとで、筒井康隆さんも休筆する。

内藤　筒井さんは言葉狩りの問題だから、ちょっと質が違うけどね。まあ、前例はあったということだな。

名田屋　税金対策という問題もある。半村良さんなんかはそうです。角川書店で出した作品が売れてたときね。

内藤　ぼくも半村さんの『女たちは泥棒』を脚色したことがあるけど、あのころの作家はいまよりもはるかに稼ぎがすごかったのかね？

坪内　税金もいまよりきつかったと思います。

名田屋　よく覚えてるのは大久保さんからの流れで、北原武夫さんに『誘惑者の手記』を書いてもらったときのことです。スタイル社を共同でやっていた宇野千代さんとの別れ話が出ていたときで、お金の問題もあったんだけど、『週刊現代』の原稿料のおかげで無事に解決して、新劇女優Kさんと赤坂のマンションで一緒になれた。その結婚式にはわたしも出席したんだけど、隣席には純文学の流れで川上宗薫さん、『三田文学』の流れで山川方夫さんが座っていました。

坪内　山川さんは『三田文学』の編集をやっていたとき、才能をもった若者を見抜く力がすごかった。

名田屋　宗薫さんといえば読売新聞出身の芥川賞作家・菊村到さんと非常に親しかった。菊村さんは酒を飲みませんが、銀座では宗薫さんといつも一緒でした。宗薫さんには女性問題がいろいろとあって、菊村さんが解決に乗り出したこともありました。また、女性に六本木に店を出させるなど、お金も必要だったのでしょう。

(11)お金のこと

名田屋　お金についてはペイペイのころ、こんなことがありました。水上勉さんと吉行淳之介さんとの対談に、新宿で立ち合いました。直木賞をとった水上さんが『週刊現代』に連載することになり、吉行さんに原稿料についてたずねました。吉行さんはすでに『すれすれ』を書いて先輩でしたからね。吉行さんが「一枚三千円くらい」と言ったら、「そんなにもらっていいのかい」と水上さん。清張さんは一枚五、六千円もらってたと思うけど、純文学をやってた人にとっては、たいへんな金額になるわけです。

坪内　いまの貨幣価値で低く見積もって十倍だとしても三万円。すごいですね。吉行さんは当時の東京新聞『大波小波』などを読むと、『週刊現代』に書くことで魂を売った、堕落した、などと書かれていました。

名田屋　遠藤周作さんも安岡章太郎さんも大久保さんに頼まれて週刊誌に登場します。『群像』に書くのとは違ってお金にはなったと思いますが、でも堕落とは思わないですね。

坪内　大久保さんはすごいですよ。第三の新人たちは、安岡さんしろ吉行さんにしろ短編小説の名手として芥川賞をとる。でも、長編は書かないと思われていた。それを大久保さんが、一挙に掲載するから、とにかく三百枚書けといって、彼らが書けないといっても書かせた。安岡さんだと『舌出し天使』。そうやって、彼らに長編を書く技術を習得させたうえで週刊誌に連載させる。大久保さんは、この人たちは週刊誌に書けるなどということを見越して、長編を書かせたのかもしれません。

名田屋　大久保さんに聞いたことはありませんが、会社的には第三の新人たちを中心にすえて週刊誌を作ることは冒険ですよ。しかし、彼らで売れるのかということより、自分の好きなようにやるんだということでしょうね。

坪内　第三の新人たちは、日常的なことをテーマにしているから、それがこの種の週刊誌にはふさわしいと思ったのでしょう。

名田屋　大久保さんは新入社員に作家担当を任せるなど思い切ったことをしました。唐澤明義が高見順担当、前川練一郎が梅崎春生担当、上田茂美が安岡章太郎担当でした。梅崎さんがどうして週刊誌に書くのだろうと思っていました。いまならありかもしれませんが。とにかく、大久保さんは自分がやりたいと思ったことをすべてやりました。遠藤周作さんが肺病で入院していたとき、連れられて病室にお見舞いに同行したことがあります。新人教育の一環です。ありがたかったことは、編集者として厳しかったことですね。品行は問わない、品性は卑しくするなということを徹底して言う。ぼくが前の日に泊まった女のスカーフを巻いて編集会議に出ても、「なにやってんだ！」と一喝するだけで、品行の悪さはそれ以上、追及しませんでした。

坪内　ところで、当時の東映はどうだったんですか？

内藤　大泉撮影所は高倉健さんみたいに、あちこちで遊ばない人が多い。銀座で遊んでいるのは梅宮辰夫だけ。彼は石原裕次郎や田宮二郎と張り合っていたからね。作家は金があるなと思ったのは、梅宮に連れられて、東映のニューフェイスだった山口洋子が経営する『姫』に行くと、近藤啓太郎が飲んでいたりするわけ。彼の命名で山口火奈子という芸名をもらい、そこのホステスさんを出演させたことがあるなぁ。いま、DVDで確かめられるけど。

(12)品行と品性

坪内　名田屋さんは「品行は問わない、品性は問う」と言われたようですが、東宝の藤本真澄氏がそれを口癖にしていたと戸板康二さんが書いています。映画は世間一般のイメージでは不良っぽくても、やはり品性は問うのですね。

内藤　品行ということで思い出したけど、一九七九年の夏に大島渚さんと『日本の黒幕』を書くために京都の旅館に泊まっていたんです。大島さんはテレビの『女の学校』の校長先生として出演していているから、いろんな人と付き合いがあるわけ。ある日、華道の池坊保子さんの新築の家に招かれて、ふたりで行ったの。そのとき、壁の質はいいものかなあと思って、ぼくが壁を撫でていたら、大島さんがぼくをにらんで、「また映画監督の癖を出して」と笑ったりしてね。そんなことがあってしばらくしてから、雑誌を見ていたら名田屋と池坊さんの写真が出ていたんですよ。アメリカに行ったときの空港の写真だったかなんかで。池坊さんの家に行ったことがあっただけに、ほんとにびっくりしたよ。

名田屋　あれは写真週刊誌『フォーカス』にスクープされたんです。『ペントハウス』の編集長のときです。

坪内　『ペントハウス』時代のことは、あとでじっくりやりましょう。

名田屋　大久保さんに話を戻すと、女とどうのこうのは問わないけど、編集者は卑しいことはするな。要するに、奴隷の仕事はするなということを徹底的に教えられました。上から言われたことだけをするんじゃ奴隷の仕事だ、自ら考えてやれということです。

(13)戦犯意識

名田屋　大久保編集長についてはこんなこともありました。講談社は戦前、私設文部省といわれ、戦後は戦犯会社だと批判されました。昭和三十四年組のわたしにはそんな会社に入ったという意識はありませんでしたが、ある日、大久保さんの家に行ったたとき、わたしが「講談社は戦犯会社だといわれて、内心忸怩たるものがあります」と言ったら、「戦争中に実際あったことを考えたら、岩波、中央公論のほうだって戦犯だぞ。名田屋君、そういう考えを改めないかぎり、講談社で雑誌編集はやっていけない」と強く言われました。何事も先入観をもって判断してはダメだというわけです。

坪内　戦後すぐに講談社を糾弾する小さな出版社、そういう論陣を張った人たちは、じつは戦争中、イケイケだったんですね。戦争が終わると、すぐに転向。転向するときに、生贄が必要なので講談社をはじめとする大手出版社を戦犯だと批判した。しかも講談社は「面白くてためになる」をモットーとする会社だから、戦時体制にあっても一般庶民の関心事に合わせたわけです。それをもって戦犯だといわれると、雑誌そのものを否定することになります。

名田屋　事実、わたしたちが入社するよりもずっと前のことですが、GHQによる紙の統制が行われたときは、講談社に対する紙の配給が少ないわけです。先輩社員は地方に出張に行って、紙をもらうという苦労まで体験しているのです。

坪内　文藝春秋も菊池寛が戦犯になって、会社を解散。池島新平、佐々木茂索らが文藝春秋新社を立ち上げます。ところが、やはり紙がない。北海道には紙があるというので、講談社はそこに支局を作った。

内藤　戦後になって、『少年倶楽部』が改名されて『少年クラブ』になったものを読んでましたが、ペラペラの紙だったなぁ。

坪内　昭和十一年のころの『キング』などはかなり分厚い。だんだん薄くなっていって、いちばん薄くなったのは昭和二十二、三年でしたか。加藤謙一さんが『少年倶楽部』の回想を書いています。

名田屋　加藤さんをよくご存じで。わたしが入社したころは顧問でしたが、『少年倶楽部』の元編集長として尊敬されていました。

坪内　戦前からの流れでいえば、三木章編集長のもと『講談倶楽部』が『小説現代』（昭和三十八年二月号）に変わり、そこで働くのが大村彦次郎さんです。そのころまでは倶楽部雑誌がけっこう残っていました。しかし、それ以降は月刊誌も週刊誌も大きく変わっていきます。
名田屋　『婦人倶楽部』はだいぶあとまで残っていましたね。

（14）懐かしい雑誌

内藤　新聞だけでは好奇心が満たされないから、いまでも週刊誌はよく読むけれど、学生時代に比べると、『週刊朝日』なんかは、ずいぶん変わったね。
名田屋　昭和三十一、二年のころの『週刊朝日』は元気があったよね。
坪内　あのころの『週刊朝日』はすごかったですよ。扇谷正造さんが編集長。特集主義で、パチンコだけで三十頁。十年前に水戸の古本屋で昭和三十一年から五十四年までの『週刊朝日』をまとめ買いして、三十四年くらいまで整理しました。
名田屋　アプレゲールという言葉も『週刊朝日』が作った。
坪内　『幕末太陽伝』などでフランキー堺がブームになったときも二十頁の特集を組む。
名田屋　インスタントという外来語を最初に流行語として取り上げたのも『週刊朝日』でした。言葉の感覚がすごいなと思った。まだインスタント食品もない時代にね。

坪内　山口瞳さんが常々書いていたのが、戦後の三大編集者が朝日の扇谷正造さん、文春の池島新平さん、暮らしの手帖の花森安治さん。

名田屋　学生時代、新聞学科にいて、『週刊朝日』はよく読んでいました。のちに週刊誌を編集するようになるわけですが、このころの読書経験が影響しているかもしれません。新聞記者より雑誌編集者を選んだわけですからね。内藤の本を読むと、東映入社の際の保証人になってもらうために京都にいる女優の雪代敬子さんに会いに行っている。わたしも京都の舞鶴に帰ったとき付き合ったのに書いてなかったなぁ。

内藤　入社試験で保証人が必要だったからね。雪代さんは木村先生にも大川博社長にも可愛がられていたんです。面接のとき、大川社長から「女優を保証人にするのは、チミが初めてだ」と言われたよ。

名田屋　わたしは木村先生にTBSの入社試験の際に保証人になってもらいました。社長が最終面接のときに「木村さんが保証人なら、ぼくのところになぜ君のことを言ってこないのかね。木村さんとは『毎日』で一緒だったからね」とおかしな顔をするから、わたしも若かったね。「この会社は縁故採用ありですか！」とタンカをきって、それまで。その後、木村先生に報告に行くと、講談社が『週刊現代』を創刊するから若い人を募集している、受けてみないか、ということで、時子山常三郎教授の財政学の単位を残して留年するつもりが、講談社の入社試験を受けることになった。あのとき、木村先生は講談社に部屋をかまえて、同社の五十年史を編纂していました。

内藤　おれが東映の助監督試験しか受けないと言うから、木村先生としては名田屋に講談社に行ってもらいたかったんだよ。

名田屋　それで、木村先生に週刊誌をやることになりましたと報告に行くと、『政界ジープ』や『真相』のバックナンバーをどっさりプレゼントされました。就職祝いでしたね。先にもふれた「黄金艦隊乗船記」のルポも企画の発想自体はこれらの雑誌から得たものです。

内藤　懐かしいなあ。先生が亡くなったとき、お手伝いしていたら、奥さんが例のハーバード・クラシックスだったか、好きな本を持って行きなさいと言ってくれたけど、貴重すぎていただけなかった。ある日、妻子同伴で遊びに行ったら、西條八十からもらったフランス人形をくださるという。家内は嬉しそうな顔をしているのに、子どもが「こんな汚い人形はいらない」と。「そうだね、坊や」と木村さんがいって、お宝を逃した。

坪内　ところで、木村先生の蔵書はどこに行ったんですか?

内藤　故郷の岡山に行ったとか。

坪内　永井荷風の留学中の日記を入手したという、木村さんの文章を読んだことがあります。あれはどこに行ったのだろう?

内藤　谷崎潤一郎の手紙もあったはずです。坪内さんともっと早く知り合っていたら整理できたのになぁ。

坪内　内藤さんと一緒にお訪ねした木村毅の女婿で、大倉商事のリヨン支店長をやった大崎正二さんもいい本をもっていましたね。詩人で外交官のオクタビオ・パスとも付き合いがあったようです。
内藤　商社マンのくせに文学青年だったから、横光利一がポール・ヴァレリーの前で講演したときなど、聴いていてハラハラしたと言ってました。早川雪洲とも戦時下のパリで付き合っていたようだし、ぼくらが憧れていたパリの日本人たちを厳しい眼で見ていた。

(15)アメリカ体験とベトナム戦争

内藤　ところで、名田屋はいつごろアメリカに行ったの？
名田屋　昭和四十三(一九六八)年は国内外でも激動の年といわれてますがが、わたし自身も社内のごたごたに巻き込まれてニューヨークの『ニューズウィーク』で勉強してこい、ということになったんです。講談社の海外留学制度の第一号でした。
坪内　一九六八年にアメリカやフランスにいたということは、かなり大きな体験ですね。
名田屋　一九六八年六月、ロバート・ケネディがロサンゼルスで暗殺されて、ニューヨークに遺体がもどり、セント・パトリック寺院で葬式ということになりました。取材をしたいけれども、観光ビザしか持ってないので取材活動ができない。
　そこで、国務省のニューヨーク分室に出向き、すぐにビザを切り替えました。それからNY市警に行って取材許可証を取ると、ようやく『ニューズウィーク』も記者として認めてくれるようになった。タフト・ホテルに一室与えられました。ロバートの遺体はニューヨークからアーリントン国立墓地へと移され、そこに埋葬されるのですが、記者連中も列車を借りきって移動。日本人の報道陣はわたし一人だけ。英語の不自由なわたしは不安だけでした。沿道には音楽が流れていたのをいまでも覚えています。

セント・パトリック寺院ではロバートの親友、アンディ・ウィリアムスがミサを歌い、まぢかで写真を撮りました。記者たちがわたしの新発売のペンタックス・カメラを珍しそうに見ていましたね。ロバート・ケネディ暗殺をめぐる編集会議をながめていると、特集のトップを「ケネディ王朝」にするか、「ガン規制」にするかで喧々諤々。『週刊現代』と同じ特集の作り方でした。

坪内　面白いですね。ロバートは民主党の大統領候補者として勝利宣言したときに殺された。銃を容認しているのが共和党、持っちゃいけないというのが民主党だったので、暗殺を契機にかなり論議されるんです。

名田屋　結局、トップ記事は「ガン規制」に。ライバルのタイム誌が「ケネディ王朝」でやるだろうと考えたのかもしれません。そこは日本の週刊誌と同じですね。

坪内　ベトナム戦争を背景に、リベラルなジャーナリストが力をもってきたから、銃規制は反戦に重なります。

内藤　野田真吉さんとの共同演出で、ぼくも東映の『これがベトナム戦争だ!』という映画に関係したけど、大宅壮一監修でフィルムは残っています。ベトナムには行かせてもらえなくて、北と南の記録映像を手に入れてつないだ。「民族解放戦線兵士（ベトコン）の処刑」や「ベトナム戦争に反対する仏教徒の焼身自殺」「テト攻勢、アメリカ大使館攻防戦」といったもので、プロイテーション、見世物映画の仕上がり。全編にナレーションが入っていて、これはぼくの手元にあるけど、先日、フレデリック・ワイズマンの『クレイジーホース』を見て恥ずかしい思いをしました。

坪内　ぼくはナレーションの多い、ドキュメンタリータッチの東映映画が好きですよ。『仁義なき戦い』でも、ドンパチの抗争をやったあと、原爆のキノコ雲を映して、「どんなに時代は変わろうとも暴力は変わらない！」なんて。

内藤　ネガはあるそうだから、あの映画、もう一度、見たいね。一緒にラッシュを見ていた大宅さんが、画面に出てくる武器に、あのころの『少年マガジン』がやっていたみたいに、字幕を入れたほうがいいと提案したので、自衛隊の人に来てもらってスーパーインポーズした。

坪内　あとづけの知識だと、昭和四十三年は学生運動が盛り上がり、翌年一月の安田講堂機動隊突入で沈静化。三島由紀夫が東大で講演して学生を鼓舞したとなりますが、おふたりは監督や編集長になった時代をどう感じておられますか？

内藤　武器を持つ、怒れる若者は昭和五十年年ごろまで存在した感じがあります。また、五木寛之や野坂昭如の作品は映画にも影響しました。

(16)ヒッピー文化とサイケデリック

名田屋　アメリカ滞在で肌で感じたサイケデリック、ベトナム戦争の後遺症のことを日本に帰ってきてからもしばらく考えていました。映画界ではどうだったの？

内藤　サイケデリックな映像については考えたよ。

坪内　おふたりの同級生の美術評論家、石崎浩一郎さんの影響などもあるのでは？

内藤　ぼくにはありますね。彼はフルブライト奨学金によるハーバード大学留学から帰ってきて、ヘルス・エンジェルスや付き合っていたアンディ・ウォーホルについて教えてくれました。一方、のちの話だけど、彼はニューヨークにいたからリチャード・ブローティガンを知らなくてびっくりしたことがある。ブローティガンが石崎のアメリカン・アートについての講演を聴きにきてくれたのに、「フー・アー・ユー？」だって。

名田屋『イージー・ライダー』のようなロードムーヴィー、ヒッピー文化、アメリカの若者の価値観が変わったのをひしひしと感じたね。

内藤　降旗康男監督や野田幸男監督のチーフ助監督をしたとき、新宿の風月堂でエキストラをハンティングしたことを思い出すね。

坪内　たしかに。『非行少女ヨーコ』で、寺山修司と一緒に出ていた若者たちは大部屋の俳優さんじゃなくて、いかにも風月堂にたむろしているヒッピーという感じですね。

内藤　ほかにも、日藝や女子美の学生に出てもらうと、雰囲気があったな。ロジャー・コーマン・プロの低予算作品も大いに参考になった。東映ではもちろんドラッグやLSDは使えないけれど、風月堂からきたようなエキストラは、やっていたかも。だから、寺山修司がアドリブで、「こんなやつらはラジオ体操でもしてれば、いいんだ」と。

名田屋　短期間のアメリカ滞在だったから、そのときの思想や文化的な傾向というか流れを十分に把握できなかったけれど、それでもニューヨーク市街を歩いていると、ベトナム戦争の後遺症とドラッグの蔓延、そこからヒッピー文化へという道筋は十分に感じ取れましたよ。

(17) 大橋巨泉、安倍寧、野坂昭如

内藤　『学燈』という高校生の雑誌があって、投稿欄には寺山が俳句や短歌、ぼくは短編小説がよく載ったから、高校時代から寺山の名前は知っていた。俳句といえば、名田屋は大橋巨泉とは親しいの？

名田屋　巨泉さんは新聞学科で三年くらい先輩、直接の面識はありません。『週刊現代』の連載は元木編集長時代のものです。

内藤　木村先生が可愛がっていて、巨泉のことをよく口にしていました。ジャズの話も面白いけど、

最近、ダイアモンド社から美術の本を出していて、外国の美術館にもよく行っているみたいで、やはりお金があるんだね。

名田屋　わたしのブレーンとしてよく助けてもらった、音楽評論家の安倍寧さんがいます。彼の慶應の仲間には江藤淳さんや浅利慶太さんがいて、お父さんが医者をしていた中野の実家はちょっとした文化サロンになっていました。そこで、面白いやつだと紹介されたのがテレビ界出身の野坂昭如さんでした。『週刊現代』のアンカーマンを頼みました。オープンして間もないホテル・オークラで、野坂さんがタカラジェンヌと結婚式をあげたときは、編集者としてわたしも招待されました。丸谷才一さんと池島新平さんの顔も見え、おそらく新潟人脈でしょうね。もともと野坂さんはテレビ界の人で、野末陳平さんなどと一緒に柴錬さんから軽佻浮薄野郎たちと批判されていました。安倍サロンでは鬱屈したものがあったのか、売れっ子になったら、『小説現代』で『銀座の太鼓』という小説を安倍さんをモデルにして書きました。太鼓持ちのような生き方をしている人ということで。

内藤　安倍さんは、ぼくが東映でデビューからお世話になった矢部恒プロデューサーと日比谷高校時代からの親友だったから、よく話題になっていたなぁ。うちの息子も友人がやっているイタリア料理店でご一緒して、いい人だったと。小渕首相のブレーンだったとか、いろんなところで名前が出てきますね。

坪内　ぼくも、朝日の『天声人語』の担当で早世した深代惇郎のことを書いたら、丁寧な手紙をいただきました。お目にかかって、もっとくわしいことを話しましょうと。

名田屋　わたしは、安倍さんにつれられて、ピアニストで小澤征爾夫人の江戸京子さんの南青山のお宅へ行ったら、深代さんに出くわしたことがあります。

内藤　矢部さんと銀座のルパンなんかで飲んでて、アベネーでも現れて、もっと高いところに連れてってくれないかな、なんて。

名田屋　安倍さんは交際範囲が広く、とにかく情報をもった人でした。浅利慶太さんのうしろに控えていたのも彼ですよ。

(18)寺内大吉、色川武大、黒岩重吾

名田屋　麻雀仲間というか、可愛がってくれた人に寺内大吉さんがいます。世田谷の浄土宗大吉寺の長男です。同人誌『近代説話』の同人で、そこには伊藤桂一、司馬遼太郎、黒岩重吾、清水正二郎(のちの胡桃沢耕史)、女性では永井路子とすごい人たちが同人で、直木賞作家がいっぱい出ました。大吉寺の一室で、わたしは麻雀仲間の集め役。先の安倍さん、浅利さん、野坂さん、色川武大さんたちと卓を囲んだのが懐かしい。

内藤　黒岩さんは麻雀やるの?

名田屋　やらない。カード専門です。

坪内　大阪から黒岩さんが上京して寺内さんを訪ねるというエッセイがあります。チンチン電車で松陰神社前にたどり着くのですが、すごい田舎だって。

内藤　ぼくはさっきの矢部さんのプロデュースで、『オール讀物』に掲載された黒岩重吾原作の『背徳の伝道者』を撮ってるんです。梅宮辰夫、川口浩、松尾和子、笠置シヅ子と豪華メンバーが出てるんだけど、東映の岡田茂社長がぼくのためにまた題名を考えて、『夜の手配師・すけ千人斬り』と変わった。

名田屋　黒岩さんは直木賞をとったあと、『週刊現代』で『脂のしたたり』を書く。まず題字を書くのですが、大久保さんがそれを見て「君、字が下手だな。書き直し」と。いまでも鮮明に覚えています。寺内さんといえばやっぱりＳＫＤ（松竹歌劇団）ですかね。ちょっと惚れてた女性が浅草の劇場に出たときは、名田屋君、付き合いたまえとお伴しました。麻雀もよくやったし、競輪も好きだったなぁ。

坪内　寺内さんはキックボクシングも好きでしたね。テレビ放送の解説をしていました。一緒に安部譲二さんが本名で出ていました。キックボクシング評論家だったんだ。

名田屋　寺内さんは格闘技が好きでした。モハメド・アリがマディソン・スクエア・ガーデンで闘うというので、自費でニューヨークに行きました。

坪内　ああ、ジョー・フレーザーと闘ったときですね。ぼくは寺内さんをまずはキックボクシングの評論家として知りました。高校のとき、古本屋で「スポーツ文学全集」を見かけましたね。

名田屋　寺内さんは『週刊現代』でインタビュー欄のページを持っていて、わたしが担当していました。毎週有名人に登場してもらって話を聞くという内容で、長嶋茂雄、石原裕次郎、勝新太郎、力道山、美空ひばりなど、時代のスーパースターが顔を揃えています。あまり小説を書かなくなりましたが、編集者としてはありがたい人で、大阪のマンモス長屋に住んでいた司馬遼太郎さんを紹介してもらったのも寺内さんでした。司馬さんの隣人に純文学の石浜恒夫さんがいて親しくなりました。もう少し寺内さんについて話しますと、世田谷に五千坪ぐらいの土地持ちの浄土宗のお寺の長男坊で、もちろん跡継ぎですが、若いときに結婚して息子ができたあとパイプカットして、もう子どもはつくらないと決めていました。それがのちに息子さんを交通事故で亡くすのです。あまり小説も書かなくなりますが、のちには芝の増上寺の大僧正にまでなります。

坪内　そのマンモス団地には、南海ホークス時代の野村克也もいたはずですよ。

内藤　石浜恒夫は、東映の先輩で、いまも親しくしていただいている近藤節也監督の『太陽の子』に主演したアイ・ジョージの『硝子のジョニー』の作詞者ですね。

名田屋　石浜さんにはずいぶん世話になりました。奥さんは大阪・北新地でクラブをやっていた女性で、『紅子のバラード』の紅子のお母さんです。石浜さんの父上は石浜金作といって東大教授で、川端康成の同級生でした。そんな関係で石浜さんは川端さんに私淑しており、上京したら必ず鎌倉に顔を出していました。川端さんのノーベル賞の受賞式にはストックホルムまで同行しています。川端さんの弟子にあたるもう一人が三島由紀夫で、彼の割腹自殺事件の記事づくりでは、石浜さんにずいぶん世話になりました。また、安岡章太郎さんとも親しく、上京した折には銀座で飲み、帰りにわが家に泊まったこともありました。大阪文壇の重鎮であった藤沢恒夫さんは、石浜さんの叔父さんにあたります。

内藤　安部譲二の名で思い出したけど、彼の奥さんだった遠藤瓔子さんがロブロイという店をやっていて、映画『明日泣く』の作曲をしてくれた渋谷毅さんがピアノを弾いてました。そこにいた三上寛や中村誠一、坂田明がぼくの『ネオンくらげ』(一九七三年)に音楽をつけてくれました。遠藤さんが書いた『青山「ロブロイ」物語』を読むと、みんなのギャラは一万円だったけど楽しかったって。

名田屋　わたしもロブロイにはよく通っていました。先の安倍さんに最初につれていってもらったんです。

坪内　内藤さんは映画界で飲んでて、名田屋さんは出版界で飲んでて、たまたま一緒になるなんてことはあるんですか?

内藤　まえにも話したけど、キャンティではぼくは打ち合わせで個室、名田屋は広い部屋で、いろんな人たちとわいわいやってたはずです。新聞学科には一期生、田中六助元通産大臣の時代からいままでも、タテの同窓会があって、比較的ヒマなぼくは調整して出ていきますが、名田屋は忙しくて来られない。

名田屋　キャンティは高松宮の執事をやっていた川添浩史氏が飯倉片町に開いた店で、芸能人や文化人が集まり、ネタ元になるというので、よく行きました。

内藤　勝新太郎さんもよく見かけたなぁ。

名田屋　勝さんに初めて会ったのは、中村玉緒さんと新婚のころです。さっきの寺内さんと一緒に大阪まで訪ねていってインタビューをとりました。飲む話となれば、文壇バーにもふれておきたいですね。わたしも銀座ではよく飲みました。遊びというより仕事なんですね。川口松太郎さんの『銀座の蝶』にある「おそめ」「エスポワール」時代の終わりごろに銀座に出入りするようになりました。「眉」「数寄屋橋」「ぶどう屋」「ラモール」、そして東銀座八丁目の「ゴードン」とか、作家、挿絵画家、漫画家などが毎晩のように飲んでいました。週刊誌の記者にとっては、銀座のクラブはネタ元でもあり、情報源として利用している面もありました。東映の元女優・山口洋子さんが始めた「姫」などは、近藤啓太郎さんの贔屓で作家が顔を出しているだけでなく芸能人や野球人のたまり場でした。「ラモール」は山口瞳さんの小説『人ごろし』の舞台でもあります。山口さんには新幹線のビュッフェでお会いしたとき、「名田屋君が入ってくると、ビュッフェも銀座のにおいがたちこめるなぁ」と冷やかされたことがあります。つまり、それぐらい銀座に顔を出していたわけです。もちろん、新宿にも文壇バーはあって、高見順さんなどは「キャロット」「ドレスデン」「窓」といったところに顔を出されていたと思います。新宿の文壇バーといえば、忘れられないのが詩人の新藤涼子さんがやっていた「とと」があります。無名時代の半村良さんがここでバーテンダーをやっていました。わたしは唐沢につれられてここを知ってから入りびたりました。編集者として行くようになってから、吉行淳之介さん、水上勉さん、源氏鶏太さん、檀一雄さん、十返肇さんなどをお連れしたものです。水上さんが直木賞を受賞したときは、方南町の邸にママの言いつけで、お祝い品として大型の電気冷蔵庫を届けに行ったのを覚えています。また、新宿にはＳＫＤの踊り子あがりのママの関根庸子さんがやっていた「カヌー」も文壇バーといってよく、野坂さんが顔を見せ、紀伊國屋書店の田辺茂一さんもよく見えておりました。銀座で一緒によく行った作家は、川上宗薫さん、梶山季之さん、渡辺淳一さん、黒岩重吾さんなどです。画家の村上豊さんともよく顔を出しました。

(19)モーレツからビューティフルへ

名田屋　わたしが編集長になった昭和四十四年ごろは、高度成長期がそろそろ峠をむかえ、その反省の時代というか、「公害」が一番の問題となって新聞で騒がれており、また「商社悪玉論」が盛んに取り上げられていました。

坪内　モーレツからビューティフル、のんびり行こうよ、の時代ですね。

名田屋　時代の変わり目というか、サラリーマンの夢を追っかけたネタづくりというのが難しくなってきた。同時代にサブカルチャーや新左翼の動向をとらえ、戦闘的な雑誌づくりに成功したのが『朝日ジャーナル』といえるかもしれませんね。

坪内　とはいえ『朝日ジャーナル』はせいぜい十万部、『週刊現代』は百万部です。東映、東宝の映画づくりとATGの映画づくりの目指すところが違うように、どれくらい読者がいれば採算がとれ、クオリティの高い次号が生まれるかを考えればよいのではないでしょうか。

名田屋　冷静な評価をしていただいて、ありがたいことです。でも、作っている側としては『朝日ジャーナル』が一方の雄というか、若者に浸透していることを意識していました。こちらのほうがよく売れて、世の中を動かしているという自負があってもね。

坪内　ぼくは『一九七二』をはじめとして、雑誌のバックナンバーをものすごく調べて書いた本が何冊かありますが、早稲田大学の中央図書館に行くと、『週刊朝日』『週刊読売』『サンデー毎日』『週刊新潮』『朝日ジャーナル』が全部そろっている。しかし、なぜか『週刊文春』『週刊現代』『週刊ポスト』はないんです。そして、一九七二年とか、一九七〇年代の雑誌を読んでいて一番つまらないのが『朝日ジャーナル』ですね。比較的、当時の『週刊朝日』『週刊読売』ががんばっているな、と。『週刊新潮』はいまと全然変わらない。本誌を見ることはできなかったので、広告だけで判断すると、『週刊現代』は面白そうですね。四十年以上も経つと『朝日ジャーナル』のほうは価値がないですよ。

名田屋　そう言ってくださるのは、本当にうれしいですね。

(20)新聞と週刊誌の違い

名田屋　身分が編集長になると管理職なので、実際に取材のために歩きまわることはほとんどありません。足で歩いて頭で書くということはしなくなるのです。何をどうやって記事にすれば、部数が伸びるかということばかりを考える。

坪内　そうして考えることが、雑誌を面白くすることにつながったのは、いいことです。

名田屋　忘れもしないのですが、『週刊現代』の発売日は月曜日なので、月曜に雨が降らないことを祈りました。サラリーマンが傘をさすときは、雑誌を手にしないからです。実際、発売日当日に雨が降ると三パーセント売り上げが落ちました。

内藤　映画だって、封切り日やオールナイト興行のときは、晴れてほしかったもの。

名田屋　それほど単純ではないけれど、新聞社系の週刊誌は新聞のネタをそのまま使えばいいですが、出版社系の週刊誌は新鮮で売れるネタを考えなければいけない。

坪内　新聞社系は宅配があるけど、出版社系は駅売りがすべてですからね。

名田屋　編集長になると、金をどう使うかの面白さはあるけど、その代わり部数をいかに伸ばすかというプレッシャーがある。

内藤　お金の使い方といえば、われわれ同窓会のあと、早稲田のリーガロイヤルホテルで何人かで酒を飲んで、その勘定を名田屋がカードで払おうとしたから、同じ会社の唐澤に、いいのかと訊いたら、あいつがいいと言えばいいんだ、と。すげえなあと思ったことがある。

名田屋　そんなに自由には使えないけどね。お金を使うことも面白いけど、切った、張ったとやるのがいちばん面白かったね。

内藤　こちらが本当に知りたいことが新聞だけだと、よく分からない。殺人事件にしたって、犯人がどういうやつだかなんて。

坪内　たとえば、風俗嬢が殺されても新聞記事だと、飲食店勤務としか書けないんです。水商売とすら書けないんですよ。

内藤　こんなバカなことをするやつは、どこの大学生なんだと思っていると、週刊誌にはすぐ学校名が出る。ある面、『噂の真相』的なところがないと週刊誌はもたないよ。

名田屋　週刊誌に出ている噂話、スキャンダルのなかには、「いいかげんなことを書きやがって」と取材対象に非難されることもありますが、自分の経験からいうと、その記事のどこかに真実があるんですよ。だから、煙が出る。取材の時間は限られているし、締め切りもある。そんななかで、「あなた、こうでしょ?」と訊いて、「はい、そうです」というやつなんかはいません。だから、締め切りが迫ると、確信はないままに書く。だけど火の元はある。このあいだも、『週刊新潮』に大臣が自殺(松下忠洋・金融担当大臣が二〇一二年九月十日、自宅マンションで自殺)したという記事がありましたが、あのスキャンダルには根も葉もあるんですよ。

内藤　あの方も、もっと週刊誌を読んで、タフに笑い飛ばせるような対応ができれば、よかったんです。
坪内　山崎拓さんは『週刊新潮』で、愛人に「おまえのおふくろと3Pやらせろ」と言ったとか、「閣議で右耳をさわったら今夜行くからね」ということだとか書かれても、要職を辞めなかった。今回のように弱い性格の人が大臣をやっているほうが怖いですよ。
名田屋　編集記者時代の元木昌彦のように、スコップを持って死体探しをするような精神があるから、出版社系の雑誌は面白いんだと思います。

(21)スキャンダル記事

名田屋　わたしがペイペイのころ、NHKの教養英語講座に出ていたカナダ大使のお嬢さんと浅草のやくざが一緒になったという噂があった。いまの『フライデー』の記者のごとくカメラを手にして、愛の巣に張りついて現場をおさえることに成功したんです。でも、やくざにつかまって殴られましたけどね。
内藤　作家担当の片手間に、やくざに張りついたの？
名田屋　むしろ取材の片手間に、作家の担当をしたんですよ。
坪内　いまは、作家、漫画家担当者とグラビア、特集記事担当者は完全に分業ですよね。

内藤　あなたがカメラまで持っていたとはね。

坪内　そのほうが記者として鍛えられますよ。

名田屋　間違いなく鍛えられます。ぼくは「尾行車」という連載を二年間やったことがあります。要するに事件モノです。新聞記者とは違って記者クラブに入っているわけではないので、広島で犯罪が起こればカメラを持って、名刺一枚で事件の現場へ取材に行くんです。被害者や殺人犯の取材に行くと、バケツで水をぶっかけられる。四十七都道府県、すべて取材しました。

内藤　同級生でも新聞社に入ったのは、いっぱいいたけど、あなたのほうが過激というより、きつそうだなぁ。

名田屋　ぼくらの同級生で新聞社やNHKに入った者は三、四年ほど地方まわりしたあと、たとえば警視庁や文部省の担当になって記者クラブに入る。それで、担当したところの専門家にはなりますよ。でも、こちらは、『週刊現代』の名刺一枚で、田中角栄からプロ野球選手に芸能人まで、幅広い分野の人たちに会うという面白さ。底が浅いかもしれないけど、それがありました。

内藤　そうだろうね。だからこそ、名田屋の話を聞きたいと思って、本書の企画を立てたんです。

名田屋　いま、田中角栄の名前を出したけど、かつて吹原産業事件というのがありました。池田内閣のころに起こったスキャンダルで、佐藤内閣時代に発覚。それで、黒金泰美元官房長官が失脚し、田中角栄の名前も取り沙汰された。

内藤　あった、あった。石川達三原作『金環蝕』の素材で、山本薩夫監督が映画化したね。

名田屋　そのときに書いた記事で、角さんの秘書が編集部にやってきて、ぼくは自民党幹事長室まで釈明に行きました。

(22)記事をめぐるトラブル

名田屋　ひどい目にあったのは、朝鮮総連です。金日成は替え玉だとやったわけ。

坪内　本当にそう思ったんですか？

名田屋　文献を調べると、そうなっていましたからね。ソ連に操られているとか書いたら、毎日のように総連の科学者同盟のメンバーとかが編集部に現れて、机や壁を叩いて、暴力はふるわないけど、仕事をさてくれないんです。それで、科学者同盟の人が来ないなと思ったら、今度は婦人部がやって来る。もうかなわんなと思って、とうとう法務担当の先輩社員と一緒に謝罪のために朝鮮総連へ行きました。講談社の隣りにある大塚警察署に、三時間たっても帰らなかったら、乗り込んでくださいと頼んで。そして、行ってみたところ、「おまえの親父たちは朝鮮に対して何をやったか。金日成と呼び捨てにするな」と。わたしは「いや、記事では佐藤首相もニクソンも呼び捨てにします」と答えた。でも、まったく通じない。「おまえたちの先祖は朝鮮に対して何をやったか。いまだに、おまえのような考えだから、こんな記事を書いてしまうんだ！」と。こちらは平身低頭だった。もうひとつ、アイヌの女性に関してトラブルを起こしたときは、松本清張さんが「名田屋はいいやつだから」と間に入ってくれました。清張さんは共産党員ではありませんが左翼全般に意見をのべ、力をもっていました。池田大作氏と宮本顕治氏を会談させたのは清張さんです。

内藤　そのあたりのことについて、名田屋がもっと聞き書きしておくべきだったなぁ。ぼくは清張さんにお会いしたのは一度だけで、木村毅先生のお葬式の受付をしていたら、まっ先に駆けつけていらっしゃって。

名田屋　ぼくはなぜか清張さんには可愛がられて、女房と結婚したときも、自宅によんで、ごちそうしてくれました。

(23)「黄金艦隊乗船記」で社長賞受賞

名田屋　木村先生といえば、記事のネタに行き詰まるたびに、先生からいただいた『真相』や『政界ジープ』といった雑誌をひっくり返しては企画を考えていたのですが、わたしが初めて特集を組んだ記事もそうでした。それが「黄金艦隊乗船記」です。車で運んできた糞尿を、日の出桟橋で船に積みかえて、房州沖で海に流すまでを追ったルポルタージュです。

内藤　それはたいへんだなあ。

名田屋　まず、清掃員について行って、民家の糞尿を汲み取るのに立ち会う。清掃員は糞尿の臭いで、その家に糖尿病持ちの人がいるかどうかまで分かるということから始めて、房州沖に流すところまでを追いました。それで社長賞をもらいました。海といえば、日本天然色映画という会社に頼まれて、地中海のヌーディスト村を訪ねてルポを書いたこともあります。まだ日本円の持ち出しがきびしいころにね。また、海外雑誌を読んで、そこからヒントを得て企画を考えることもしました。銀座五丁目にあった近藤書店の海外雑誌コーナーにはよく足を運んだものです。

内藤　われわれの若いころは外国がすごく遠かったものね。学生時代、山内義雄先生にフランス語を習ったけど、あのフランス語の達人が当時はまだフランスに行ったことがなかったんだからね。

坪内　早稲田の政経のフランス語といえば、石川淳も教えていましたね。

内藤　そうです。山内先生とは東京外語の仲間でした。石川淳の文章はすばらしいけど、山内先生も翻訳の日本語がいい。

坪内　詩人のポール・クローデル日本大使とも親友でした。

内藤　クローデルが皇居の周囲を散歩しながら、石垣をうたった詩の名訳があって、いまでも覚えています。「森にあらず、磯にあらず、日ごとわが歩むところ、一つの石垣あり、右手つねに石垣あり」

(24)国内留学のこと

名田屋　わたしは講談社の外国留学の一期生だったんだけど、国内留学の一期生でもありました。

入社してから三、四年目で、そろそろ取材記者とアンカーマンをわける分業の時代になって、いいアンカーマンを探すというテーマをもって北海道と東北を旅しました。『北海タイムス』や『河北新報』などのお世話になり、書き手を紹介してもらう旅です。東都書房の『挽歌』ですでに世に知られていた原田康子さんともお会いしました。

内藤　『挽歌』はわれわれの大学時代にブームだったなぁ。五所平之助監督の映画もよかったし、札幌がとてもモダンに見えた。

名田屋　国内留学で二週間、初めて北海道と東北に行きました。

内藤　ぼくも助監督になって、高倉健主演の『高度七〇〇〇米・恐怖の四時間』(一九五九年)という映画で、初めてプロペラ機に乗って北海道へ行った。われわれの時代はそんなもんだよ。

坪内　名田屋さんはその国内留学の旅で収穫はありましたか?

名田屋　『秋田魁新報』の文化部長から、『日本経済新聞』の記者で芥川賞候補に何度もなった津田信さんを紹介してもらいました。彼はのちに、いい記事を書いてくれました。

坪内　ぼくが週刊誌を読むようになった一九七〇年代半ば頃には、『週刊現代』はアンカーマンが充実しているという印象がありました。朝倉喬司さんとか、橋本克彦さんとか、のちにノンフィクションライターとして売れっ子になっていく人が書いていました。

名田屋　わたしが編集長のころ、朝倉喬司さんや宮崎学さんは取材記者をやってくれていました。

内藤　朝倉さんは平岡正明の友だちで、池袋西武のスタジオ200で上映したトッド・ブラウニングの『フリークス』をめぐって、『魅せられてフリークス』（佐藤重臣編、秀英書房、一九八二年）という本を出したことがありましたが、名田屋とはまったく結びつかなかった。

名田屋　あの人たちはフリーだったので、編集長のぼくと直接会って話をするという機会が少ないんです。

坪内　『週刊新潮』は優秀な書き手を求め、江國さんは「黒い報告書」の記事を書いていました。すでに吉村昭さんが高いギャラに迷っていたのだけれど、純文学一筋と断っていたんです。のちにそれを知った江國さんは吉村さんにお礼を言ったようです。

名田屋　そのあとかな、江國さんはうちのアンカーマンにもなっています。当時、江國さんは祖師ヶ谷大蔵に住んでいました。作家になったお嬢さんの香織さんが、まだ小さかったころです。アンカーマンといえば、ぼくと内藤の先輩の、本田靖春さんがいます。

内藤　そうだ。あの人が伝説の不良、花形敬を『オール讀物』に書いたとき、映画化しようと考えて、お会いしたことがあります。そのときのキャスティングは花形敬を小林薫、その恋人が藤真理子、安藤昇が唐十郎なの。唐さんにもお会いしましたけど、東映がやらせてくれなかった。後年、ぼくの助監督だった梶間俊一が撮ることになったとき、京王プラザで本田さんにお詫びかたがた事情説明で、もう一度お会いしました。

名田屋　そうだったのか。もう一人、のちに女優の松原智恵子さんと結婚する、「早稲田企画」の黒木純一郎は早稲田の学生時代から、わたしの弟分でライターをやってくれました。彼に紹介された、当時のぼくの彼女は、夫と別れて赤坂に旅館を作りました。
坪内　それはすごい。編集長のころですか？
名田屋　いや、まだ二十四、五歳のころです。年の離れた彼女でした。
内藤　うーん、まさにヒモだね（笑）

(25)快男児・松井勲

坪内　『週刊現代』の二代目編集長の松井勲さんはかなり面白そうな人のようですね。満洲建国大学の出身ですよね。
名田屋　たいへん面白い人でした。一種の快男児です。背なんか、ぼくよりはるかに高い。新入社員時代、わたしは目をかけてもらいました。松井さんはトップ記事を書く特集班のキャップで、その下でわたしもよく働きました。連載小説のキャップもしていて、担当していた源氏鶏太さんに、「今年入ってきた新入社員に変なのがいる」といって、わたしのことを先生に話したらしいのです。ライバル誌『週刊文春』の新年号読切小説に源氏さんは『社長お番です』を書きますが、その主人公のモデルはわたしです。松井さんから聞いてそれを書かれたようです。のちにわたしが源氏さんの担当になりますが、かわいがってもらい、銀座や赤坂によく連れていってもらいました。
坪内　満洲建国大学は石原莞爾が設立にかかわり、右も左もなく、面白い人が集まってくる。木村政彦の先生の富木謙治や相撲の天竜が教えていました。安彦良和の『虹色のトロッキー』の主人公はこの大学に通っています。
名田屋　大久保房男さんと松井勲さんは二人とも和歌山県人。大久保さんは網元の息子で慶應出。一方は建国大。大久保さんは何かというと松井さんを使っていました。純文学一辺倒の大久保さんは快男児をみくだすところがありました。どういう特集をやるかというときの実際の戦力として松井さんの力はたいへん大きかった。男女の問題。たとえば「ポックリ、女房が死なないか」なんてのは大久保さんが松井さんに「おまえ、やれ」というわけです。
坪内　社史には松井勲編集長時代に、機動力、取材力が格段に上がったとあります。
名田屋　経営陣の意向か大久保さんの意向かは分かりませんが、松井さんが二代目編集長になります。大久保さんの路線をある程度引きついで、でも部数はそれほど伸びませんでした。
坪内　松井さんのあと、短期間ですが椎橋久さん。
名田屋　この方は『婦人倶楽部』を講談社の航空母艦にまでした人です。いい人だったけど、週刊誌を女性誌のようにうまく売ることはできませんでした。

(26)牧野イズム

坪内　そして、牧野武朗が編集長になります。『少年マガジン』や『少女フレンド』の編集長ですが、編集部内に「この人にいったい何ができるのか」という空気はありましたか?

名田屋　みんな、ジャーナリズムの世界で、切った、張ったをやってきたので、子ども雑誌しかやってこなかった人に、大人雑誌の編集長ができるのかという空気はたしかにあったかもしれません。

坪内　社史には牧野イズムとして、いまも語り伝えられる有名なスローガンがあります。色、金、出世という三本柱がそれだと。これは東映にも重なりますね。

名田屋　『週刊現代』はサラリーマン雑誌ということを徹底しました。「今週の株、マル秘情報」なんてやりはじめました。この編集方針の下で、部数が伸びたことは確かです。

内藤　東映も岡田茂社長が「不良性感度」ということを言い出して。

坪内　昭和四十年代までは性の問題はアンダーグラウンドにちかかったんですかね?

内藤　『いろ』とか『ひも』を題名にするだけで、刺激的でした。

坪内　講談社のような、メジャーな出版社の雑誌で「色」を取り上げたので、サラリーマンは買いやすくなったんですね。

名田屋　そうかもしれません。牧野さんになってから、もう一つ変わったのが、いままで自前というか社員編集者が企画を立て、取材をし、自分で原稿を書いて印刷所まで持って行ったのが、フリーの編集者、アンカーマンを組織的に巻き込んでいったことです。つまり、社外の記者、ライターに依頼する割合が高くなったのです。

坪内　編集者がプロデューサー的になったわけですね。

名田屋　そうです。

内藤　社内の抵抗はなかったの？　東映の場合、歴史が浅く、満映組もレッドパージ組も戦力としていて、定期採用初期の工藤栄一さん、深作欣二さんも新人だから、新東宝から石井輝男さんがきても文句は言わない。ところが、講談社は歴史があるからなぁ。

坪内　戦前からの社員だっているわけですし。

名田屋　『週刊現代』にもいましたよ。戦前、少年社員も採っていましたからね。ところで、フリーの編集者の問題というと、まず月曜の朝からの編集会議には社員編集者のみが参加します。自分が立てた企画を発表して、編集長がやるかやらないかの判断をします。だから、わたし自身はというと、イキのいい企画を仕入れるための情報源として新聞記者、大学の先生、官公庁のお役人といったネタ元をあらゆるツテを頼りにまわるんです。これが牧野武朗さんの時代になると、いかにフリーの優秀な人間をつかまえるかということが加わってきます。仮にぼくがフリーの編集者を五人抱えているとします。そして、もしぼくが出した企画が通らないと、その五人は食えなくなるわけです。彼らは原稿料で生活しており、社員のように給料制ではないからです。いまは変わっているでしょうが、当時はそうでした。だから、社内の編集会議のまえに、フリーの人たちを自宅に集めて、いかにして企画を通すかの会議までやったものです。

(27)光文社と神吉晴夫

内藤　あなたはフリーの人をどうやってスカウトしたの?

名田屋　長年といっても、五、六年の付き合いですが、自然に集まってくるものです。

坪内　ライター、書き手のなかには、名田屋さんよりも年上の人がいるのでは?

名田屋　だいたいが年上です。お隣りの光文社では、早くからフリーの人たちを使っていたので優秀な人もいて、そこからも引っ張ってきました。『女性自身』とかからね。

内藤　隣りから引っ張ってくるのか?

名田屋　光文社は講談社の子会社ですよ。戦後すぐの紙の配給問題で、神吉晴夫さんなんかが移ってきてカッパ・ブックスを立ち上げました。ああいう怪物的な編集者はだいたいまわりの反発は食うかもしれないけど、何かをもっている人です。

坪内　神吉さんは光文社の抗争で産経新聞出版に移るんです。そこで、彼のもとで働いたのがフジテレビからとばされてきた横澤彪さんでした。神吉さんが出版でやったみたいなことをテレビ番組に応用して、『ママとあそぼう!　ピンポンパン』や『オレたちひょうきん族』で大当たりさせました。

名田屋　神吉さんのカッパ・ブックスといえば、波多野勤子さんの『少年期』がベストセラーになったのが、彼の自信になったと思います。芸能評論家の大木豊氏（大木製薬の御曹司）が神吉さんの娘婿で、わたしは大木さんと親しくしていたので、彼から神吉さんの発想法や経営者としての考え方についてよく聞かされたものでした。

坪内　渡辺一夫や加藤周一といった碩学の本を口述筆記的に本にしています。そういった知識人の本も出せるから、『頭の体操』といった軽い本や占いの本も出せるのでしょうね。

名田屋　その後、カッパ・ノベルスなどもできて、松本清張さんも書くようになる。『点と線』は光文社でした。

坪内　新幹線が昭和三十九年に開通し、ちょうど旅のお伴に合っていましたね。

名田屋　光文社の『女性自身』は昭和三十三年の創刊で、『週刊現代』よりも歴史があります。黒崎勇という編集長でした。のちに『文藝春秋』で「越山会の女王」を書いた児玉隆也氏も『女性自身』の生え抜きの編集者で、彼とは年代が同じで、フリー編集者を紹介し合うなど、付き合いがありました。ガンで早世したのはとにかく残念でした。

坪内　その後、黒崎さんは『微笑』を創刊しますが、『女性自身』よりセクシャルでエグい雑誌でしたね。

（28）学生の今昔

名田屋　さきほど、『少年期』の話が出ましたが、アプレゲールというか、少年時代の自分にとって、大学生とはこういうものなのだと思ったのが、三島由紀夫『青の時代』の元ネタである光クラブ事件の大学生と、日大生が暴走した「オー！　ミステイク」事件ですね。

坪内　ぼくは少年時代、一世代上の全共闘世代の学生たちを見て、自分もこうなるのかなと思ったら、そうはならなかった。やはり、お二人だと、光クラブ事件あたりに、そういう思いがあったのですか？

内藤　そうですね。木下恵介が石浜朗主演で映画化した『少年期』を読んでも、少し年上の中学生は疎開先で、こんな目にあったのかと考え、強い印象をもちましたね。

名田屋　学生の話といえば、六〇年安保闘争のときに亡くなった東大生の樺美智子さん。週刊誌の記者になって二年目のことでした。取材合戦の渦中にありましたが、週刊誌記者には国会に入る記者証がありません。早稲田の先輩、海部俊樹氏(のちに首相)に臨時秘書のようなかたちにしてもらって、その一員として国会内で取材したことを覚えています。社会党の石橋幹事長に取材して記事にした「朝鮮で戦った私設海軍奮戦記」は、『佐世保日報』の記者で、安保国会を取材するために上京していた宮川隆義氏の協力で誌面を飾ったものでした。石橋幹事長は選挙区が佐世保市だったため、宮川さんはそのコネでスクープできたわけです。宮川さんは社を辞め、フリー記者として『週刊現代』の戦力として活躍してくれました。のちに「政治広報センター」を立ち上げます。あのころの学生というのは、学生服を着ていました。十年たったら、全共闘でしょ。そのときの学生はもう制服を着てはいなかった。
内藤　われわれは制服を着て、歌声運動やセツルメントです。
坪内　でも、全共闘のときはまだお二人とも、三十一、二歳でしょ。いまの感覚だと若いけど、当時の感覚だと学生とはまったく違う感じでしたか？
内藤　助監督を八年ほどやって監督になると、五十名以上のスタッフやキャストを仕切ることになります。当時は自宅まで送迎の車がつくから、それなりに大人っぽくもなります。ちょっとお茶や酒を飲むときでも、ここはおれが払わなきゃと思うわけです。会社からお金を借りてでもね。
坪内　内藤さんが監督に、名田屋さんが編集長になったのが一九六九年であることは象徴的に思えます。七〇年代でなくて。
内藤　坪内さんはゆっくり時間をかけて成熟した人だけど、ぼくや名田屋は八年くらいで大人にならなくちゃいけなかったんじゃないかなぁ。ぼくはオリジナル脚本は試作していたが、結局、野田幸男さんの『不良番長』のチーフをやって、その流れがありましたね。

(29)撮影現場でのしごき

坪内　逆に神波史男さんは誰かに叱られて、もう監督にはならない、脚本家でいくと決めたようですが。

内藤　ぼくの一期先輩だけど、スクリプターさんとつながりのことかなんかでもめて、カチンコを叩きつけるほど気性が激しかったからね。その因縁のカチンコだといって、それをぼくに渡したんだ。朝、撮影開始の一時間前に集合といっても、酒飲みで学生時代から朝、起きるのが弱い。ぼくと同じ下宿に転がりこんできたが起こしてもダメだから、「先輩、先に行ってます」と。基本的に撮影所の現場というのは体育会系だし、当時は軍隊帰りのスタッフもごろごろしていました。神波さんには脚本のほうがマイペースでできるし、合っていたのではないかなぁ。
坪内　シネマヴェーラ渋谷の神波史男特集で、深作欣二監督『仁義の墓場』、佐藤純弥監督『実録・私設銀座警察』を見ると、これは神波さんの映画だと思う。荒井晴彦氏も指摘しているように、出演者や監督中心で見てしまい、脚本家の力が無視されてしまう。マキノ雅弘監督も一スジといってますが、内藤さんはマキノさんにしごかれたことはありますか？
内藤　マキノさんはしごくタイプではない。
坪内　先日、マキノさんをめぐる鈴木則文さんと澤井信一郎さんのトークショーを拝見したのですが、鈴木さんはしごかれたといっていました。
内藤　ぼくがチーフの場合、セカンドに澤井信一郎がついてくれたからね。
坪内　マキノさんは高倉健さんが好きで、健さんは自分で撮るが、池部良さんは則文さんが撮るとかいっていました。
内藤　『昭和残侠伝・唐獅子仁義』のとき、マキノ監督が中日劇場で演出をしていて、午前中、映画のトップシーンをワンカメラでぼくが監督してたら、午後にマキノさんが来て、いつものAB二台のカメラでバーッと撮影。封切が迫ってきて間に合わなくなると、例の殴り込み前に健さんが歌う主題歌が流れるところ、一番はマキノ先生、二番はクレーンを使ってぼく。いつまで時間をかけてるんだといわれたけど、それはしごかれてるわけじゃないからね。監督になったとき、ご挨拶に伺ったら、あいつはもう大丈夫だといってくださったとか。

坪内　内藤さんも名田屋さんも牧野姓の人に鍛えられたんですね。編集長はあまり変わらないが、助監督は上の監督が変わる。やりやすい人、そうでない人とかいましたか？

内藤　ぼくはなるべく監督に合わせました。自分の作品のときは別だと思って。

(30) 文化大革命の時代

名田屋　編集長になったときは、文化大革命のときでした。朝日新聞は親中国でしたが、講談社も中国とはいずれ仕事をすることになるから、中国共産党の機微に触れることはいけないという方針でした。これが頭上の重石になったのです。だから、台湾には行けなかった。中国に入れなくなるから。

坪内　社史では、社会は激動期を迎える時代。週刊誌にとって追い風である、とありますが、若者の関心とサラリーマンの関心のあいだにはギャップがあったのではないですか？

名田屋　社会の波に乗って出てきた有名人、たとえば小田実さんをつかまえて書いてもらい、サラリーマン読者をひきつけることを大切にしました。わたしが編集長になったときは、色に関しては変わりなくても、金、出世についてはサラリーマンの意識が変わりつつあった。モーレツからビューティフルへの時代。牧野さんは野心家で、社長の意向もあったのだとは思いますが、週刊誌の次は日刊誌だということで、その準備のため編集部を二つに割りました。日刊誌の編集製作トレーニングのための「企画部」というのがそれで、部長が一期後輩の川鍋孝文（のちに『日刊ゲンダイ』社長）ということになり、増刊号、別冊号を出していきました。よく売れたのが「三島事件」を扱った号です。会社や牧野さんを恨むわけではないのですが、いままでの半分の体制で週刊誌をつくるのだからたいへんな苦労をしました。足りない人数は新入社員からの補充でなんとかやりくりしました。

坪内　社史によれば、「編集現場は常時戦場という荒木から、アメリカ帰りの若手名田屋に変わって、編集部内の空気も一変」とあります。

内藤　これは名田屋シンパが書いているな（笑）

名田屋　ぼくのところにも取材はありましたが、積極的にしゃべらなかった気がします。大村彦次郎さんもそうですが、編集一筋の人は社史にはあまり多くを語っていないのではないかな。

内藤　もし東映で、誰が誰のことをこう言っているという本をつくったら喧嘩が起きるし、たぶん出せないでしょうね。

坪内　講談社の社史は、ジャンルごとに章立てされていて、いい本ですよ。

名田屋　月刊『現代』の編集長をはさんで、二回、『週刊現代』の編集長をやりました。とにかく、眠る時間がなかったという感じでした。

(31)『ペントハウス』編集長就任

名田屋　一九八〇年、講談社は出版社の所得ランキングで、トップの座から転落しました。集英社より下になったのです。業績を挽回するために「新雑誌開発研究委員会」が発足し、わたしがその座長になりました。よそにあって、うちにはないものは何かを考え、科学雑誌『クォーク』、経済誌『NEXT』、大人向け漫画雑誌『モーニング』等の創刊にこぎつけました。そして集英社にあって、講談社にないのは外国の出版社との提携です。そこで『PLAYBOY』に対抗したかたちで、『PENTHOUSE』となり、わたしが編集長になりました。

坪内　ほぼ同時期に『スコラ』という男性雑誌がありますね。

名田屋　講談社の専務だった久保田裕さんが独立して、スコラ社を立ち上げました。

坪内　ぼくは二冊とも講談社が出しているのかと思っていました。フランスの『ルイ』誌と提携していたからフランス人女性のヌードも載っているのですが、日本の若い女の子たちも脱いでいる。『ペントハウス』では、岸恵子、榎本三恵子、池坊保子、アントニオ猪木・倍賞美津子夫妻と、大人たちが脱いでいます。

名田屋　『ペントハウス』では、わたしと初めて仕事をする新顔の編集部員を主に集めて、『プレイボーイ』に負けない雑誌をつくろうと考えました。集英社には『明星』の伝統があって、芸能界とのつながりが強いからカワイコちゃんのヌードが出せる。でも、こっちにはそんなノウハウがないので無理です。だから、『ペントハウス』がやるヌードはニュースなんだ、と。ヌードを見たい人のニーズに応えるよりも、なぜこの人がヌードになったんだろうと読者に興味をもたせるヌードでいこうと考えました。ある若い編集者が「編集長はいったい誰に脱いでもらいたいのですか？」と訊くので、わたしは自分の意図を明確に理解してもらうために、「最高のモデルは美智子妃殿下だ」と即答しました。要するに、どう考えても脱ぎそうもないような人に脱いでもらうんだということなんです。

内藤　エリザベス・テーラーにもオファーしたんだってね。

名田屋　一年ごとに、ニューヨークで七カ国だったかの『ペントハウス』の各国語版の編集長が集まって国際会議があります。売り上げが好調なのは日本版だけ。カメラマン出身の創刊者ボブ・グッチョーネが、『日本はどうして売れているのか？』と訊くので、『キレイ、キレイのヌードではだめです。エリザベス・テーラーを脱がさなきゃ』と言いました。テーラーは友人ロック・ハドソンがエイズで亡くなったため、エイズ問題に関心が深かった。エイズ基金にするお金を必要としていて、財団の弁護士が講談社ＵＳＡの顧問弁護士で、その夫人の協力を得てグッチョーネと二人で口説きましたが実らなかった。そのあと、黒人女性で初めてミス・アメリカになったヴァネッサ・ウィリアムスは脱ぎました。

坪内　名田屋さんの戦略ですごいのは、インテリ風に見られたい女性には、最初、原稿依頼で近づいて、最終的にはヌードになってもらう、と噂では聞いたんですが。

名田屋　島津貴子さんですね。東京プリンスホテルの『ＰＩＳＡ』に勤め始められたというニュースを知って、まずは書評依頼から近づきました。

坪内　当時、あそこはお洒落な空間で、母や叔母も好きでした。『ＰＩＳＡ』はプリンス・インターナショナル・ショッピング・アーケードの略で、五木寛之さん、庄司薫さん、中村紘子さん夫妻の姿も見かけました。

名田屋　池坊保子さんは梅渓通虎子爵の三女で、姉さんは讀賣新聞の正力亨氏に嫁いでいました。まさにやんごとなきおかたです。ぼくの弟分の黒木が松原智恵子と結婚したときは、池坊夫妻がお仲人。そういうわけで、以前から親しくさせていただいていたんです。彼女にとってヌードになることにメリットはなかったのですが、御主人が祇園の芸者と同棲していたので、それに対する当てつけもあったのでしょう。保子さんには娘が二人いたので、娘を自分の側に置けば、池坊家は自分のものになると。彼女がヌードになる条件としては、海外で撮影すること、娘を連れていくこと、このふたつ。もちろん、のみました。

坪内　それから、女優の杉田かおるも脱いでいます。

名田屋　それは、ぼくのキャスティングではありません。NHK朝ドラの『おしん』がたいへんな評判になったとき、乙羽信子、田中裕子、小林綾子の三代ヌードを企画したけれども実らなかった。

内藤　君が気にしてる中国からも怒られるよ。『おしん』は中国では大人気だったからね。

坪内　嵯峨美智子はシブいキャスティングですが、ぼくの友人の編集者、壹岐真也が撮影に立ち会っていましたね。

名田屋　芸能畑の人はわたしが出ていくことはありませんが、伊豆の海岸で事故死した女優・太地喜和子さんの撮影はよく覚えています。撮影は大倉舜二さんでした。

(32)ヌードはニュースである

名田屋　とにかくニュースな女というと、三越の女帝としてマスコミを騒がせた竹久みちは、わたしが直接お願いしました。

内藤　三越の岡田茂社長の竹久みち事件が起きたとき、東映の岡田茂社長に『女帝』の脚本を書くようにといわれ、シェイクスピアの『マクベス』を下敷きにして、桂千穂と共同で書きました。出来上がったシナリオを東映の岡田さんに見せたら、「岡田会」というのをやっているから、やはり東映では無理だと。なので、にっかつに持って行って、関本郁夫監督、大木実、黛ジュン主演でヒットしました。

坪内　黒澤明の『蜘蛛巣城』も『マクベス』の翻案ですが違うタイプ。内藤さんと名田屋さんはたまにしか会わなくても、竹久みちのつながりとか、交差するんですね。
内藤　時代性を考えるからだけど、名田屋は素材のモデルじゃなく、本人を脱がすんだから驚くよ。
名田屋　竹久さんは裁判でお金が必要だから、軽井沢の別荘を講談社に買ってくれないかと頼まれたことを思い出します。やはり、何かがあるからヌードになるんです。最初から脱ぎたい人なんてほとんどいません。
坪内　村上里佳子も脱いでいるんですね。
名田屋　撮影中は本人は興奮しているから何もいわないけれど、雑誌が本屋に並ぶと、脱ぎ過ぎたとモデルが後悔し、抗議してきたことがあり、四谷の事務所にあやまりに行ったことを覚えています。トラブルが起きたら編集長の責任ですから。
内藤　まだヘアの解禁前でしょ？
名田屋　海外では無修正ですから、成田空港でコレはだめ、と判断される。だいたい日本人のモデルさんは前を隠しますが、堂々としたオールヌードだったのが榎本三恵子さん。ロッキード事件の裁判で田中角栄を相手にしたくらいだもの。カメラマンは加納典明さんでした。
坪内　榎本さんの前を壹岐真也が手で隠した。
名田屋　榎本さんが脱いだことは、まさに大ニュースになり、テレビ局、スポーツ新聞が大きく取り上げ、雑誌の名前も日本中に浸透しました。感謝しています。わたしは榎本さんの相談にものってあげましたから、そのことが写真週刊誌『フォーカス』に載ったこともありました。

坪内　立ち読みできないように袋閉じでしたね。

名田屋　あれはわたしのアイデアです。というのは、六本木にあった誠志堂の小川店長と親しくしていて、売れ行きはどうですかと訊くと、ヌード雑誌はお客さんがパッと見て買わずに帰っちゃうと。かつて『女性自身』なんかは袋閉じだったじゃないですか、といわれたので、印刷会社に相談して袋閉じにしたわけです。『ペントハウス』はオールカラーで、本文用紙も高品質で製作原価がものすごくかかりました。オーディオ、酒類飲料、男性用化粧品等の企業から広告を出してもらうのですが、バドワイザーとかアメリカの本社にも頼んで広告を出してもらいました。

坪内　その後、酒税法が変わって洋酒は安くなるのですが、当時、アメリカ人モデルがカティサークなど飲んでいる広告はカッコよかったですね。

名田屋　一方、外資系企業は『ペントハウス』というだけで、広告を出すことを渋った。なので、ヌードは過激ですが、まじめに世の中を考えているんだというイメージアップを図って、積極的に田中角栄、中曽根康弘、竹下登と歴代首相のインタビューを掲載しました。連載もイメージの良い、純文学系の吉行淳之介さん、遠藤周作さんなどに書いてもらいました。

坪内　勢いにのった『ペントハウス』は昭和五十八年十月、ニューヨークの『ペントハウス』に乗り込んで、現地で取材、編集作業に取り組みます。第一班はビジネス班、第二班はセックス班、第三班が風俗班です。このときの取材は、翌年の新年号で七十頁のニューヨーク特集として実現しています。

名田屋　日本国内ではヘアは見せられませんが、石膏で女性器を作って、それに剣山を当てたらどう変化するかなんて実験をやりました。

(33)胃袋パトロール

名田屋　アメリカとのかかわりでいえば、さらに昔ですが『週刊現代』には「胃袋パトロール」というコラム欄があって、アメリカ大使館を通じてケネディ大統領に、彼が一週間、何を食べているかを質問したことがありました。その返事が戻ってきて記事になっています。杉靖三郎先生が健康診断していました。

坪内　小学生のころ、『別冊ゴング』に来日したレスラーたちの「私の食生活」という記事が出ていて、大好きでした。あるとき『週刊現代』を見たら、こっちがオリジナルかと。ぼくも『週刊新潮』に取材されたことがあります。

内藤　坪内さんは正直に書いたの?

坪内　焼酎五杯とか、ウイスキー、ボトル半分とか書いたら、マイナス点になるけれど、量まで書いてないですから。

内藤　日常生活を発表するのは難しいよね。その昔、『アサヒグラフ』の「わが家の夕飯」に出たのですが、そうしたら、家内が見た目をよくしようと、韓国風焼肉、アオヤギ・アカガイ・ミルガイのサラダ、ミモザ・サラダ、モズクの酢のもの、ワカメと豆腐入り味噌汁、最後にオレンジ・シャーベットと出すものだから、格別に贅沢じゃなくても食べきれなかったよ。

坪内　ものすごく凝る人もいれば、遠藤周作さんは、ごはんにメザシ。奥さま方にしてみれば、あまり貧弱なものは恥ずかしいですからね。

内藤　照明も凝るから、写真を撮り終えるのに時間がかかる。おかずを余分につくって、食べた分をつぎ足していかないと食卓が貧相になるんです。御堂義乗というういいカメラマンだったけど。

坪内　稲垣足穂はビールだけ！

内藤　それはカッコいいなぁ。うちは親戚や友だちの目があるから、たいへんでした。

(34)動くのが大好き

名田屋　週刊誌では、小説や「胃袋パトロール」など連載モノの固定ページと、特集記事や特ダネの流動ページに分かれています。作家の担当はやりましたが、やはりわたしは記事を書くことにやりがいを感じました。

坪内　編集者のなかには、特集記事、トップ記事をつくるのが苦手でも、企画のほうでは才能を発揮する人がいますからね。

名田屋　外に飛び出て動きまわるのが得意な人と、デスクワークが得意な人と、両方のタイプがありますからね。わたし自身は動きまわるほうが好きかな。思い返せば、編集長に比較的早くなったために、わたしは編集者としては熟成しなかったという思いがあります。もっと現役編集者を続けていれば、面白い体験をできたと思うし、人脈を拡げることもできたと思います。つくづく残念です。そのあとで、編集長になったほうがずっといい仕事ができたように思います。

内藤　名田屋のいう「ヌードはニュース！」という路線も、東映の「不良性感度」という路線も、やっているときは夢中だけど、振り返ってみればいろんなことに気が付きます。坪内さんのおかげで名田屋からたいへん面白い話を聞くことができて、ほんとうによかった。

［中入り①］　飛行機少年と『風立ちぬ』

（内藤誠「en-taxi」40号）

宮崎駿の作品の魅力は空を駆ける浮遊感覚の心地よさにあり、『風の谷のナウシカ』や『紅の豚』がわたしの好きな作品だったが、こんどの『風立ちぬ』は零戦の設計者、堀越二郎を主人公にしたアニメである。

親の影響で、じつはわたしも飛行機少年だった。映画監督を志望するだけあって、人一倍凝り屋だった。しかし、それは疎開と空襲による生家の焼失とともに、忘却のかなたに消え去った趣味である。さてそこで、いまなお、わが同世代で、零戦の美学を追求し、アニメ化の労苦をいとわぬ監督がいるとは、そのこと自体、わたしには驚きであった。

かつてキネマ旬報の特集号で『千と千尋の神隠し』について原稿を書いたときは、その多神教的な面白さをたたえながら、同じ東映の敷地内に、いい演出家がいたのだなあと思うくらいですませていたが、このたびは「CUT」誌の渋谷陽一による『風立ちぬ』三万字徹底インタビューを買い求めて、彼の零戦への打ち込みようは、一体どこから来ているのかを、まず知ろうとした。

はたして彼はこのインタビューで、飛行機関係の会社を経営する父のもとで育ち、「僕は思春期の頃、親父と戦争協力者じゃないかってもめた経験がある」と語っていた。予測通り、やはりそのスジの者であったかと、それなりに納得した。わたしも、父がこの映画のメイン舞台である名古屋の三菱海軍航空機に勤めていた関係で、工場に近い、のちには空襲で跡形もなくなる家に生まれ、育っていたからである。

もっとも、わたしの父は宮崎家のような経営者筋ではなく、胴体工場の一介のエンジニアにすぎなかったので、戦争直後の失職により、家族一同から同情されこそすれ、戦争協力者だと弾劾されるようなことはなかったが。

それでも父なりに戦闘機を作った罪を悔い、長髪を丸坊主にして、自慢の口髭もそり、ひたすら庭の落ち葉かきをして働こうとしなかったので、大佛次郎の『山本五十六元帥』を読んで海軍兵学校に憧れていたわたしも、このままでは上級学校への進学は無理だなと思った。小遣いをくれていた叔父さんたちはみんな戦死し、B29ばかりがうるさく飛んで、わたしは九歳にして人生最低の時期を迎え、零戦など見向きもしなくなった。

「シナリオ」誌十一月号(二〇一四年)では巻頭企画として「シナリオライター」は『風立ちぬ』を

どう見たか」という特集をやっていた。サウンドと映像の力におおむね圧倒されている「キネマ旬報」誌の星取り表とくらべると、こちらはシナリオの構成を含めて点がからい。

とりわけ「東映的」ともいえる、二郎と菜穂子のメロドラマに関し、井土紀州氏は「セックスを描いてないから、歪に見えるんです。あの二人はセックスしたいから一緒にいたいんだろうということですよ。だから（菜穂子が二郎を誘う）『来て！』のあとが見たいんだよな」と手きびしい。

わたしの好みで言えば、同じくビョーキのヒロインでも同時期に見たボリス・ヴィアン原作『ムード・インディゴ』のクロエのほうは、胸に睡蓮の花（ヴィアンが敬愛するデューク・エリントンの曲名ロータス・ブロッサム！）を咲かせたりするビョーキということになっているので、芸術家肌の主人公の純愛を描くにあたり、感覚的に哀しみの味わいが深まるフィクションだった。

また、『戦争と一人の女』を公開したばかりの井上淳一監督は「やはり、美しく飛ぶはずだった飛行機が特攻でただの爆弾と化すという具体的な結末も描くべきではないのか。そういうことを描くと、大ヒットを宿命づけられた『国民映画』にならないとでも思ったのだろうか。これじゃ、堀越はただの専門バカ。海軍からの依頼で造っておいて、飛行機が美しいだけで終わるはずないでしょ」とこれまた、そのことについては、ごもっともな意見。キネ旬でいくつも星を書き並べた方がたも、たちまち論破されてしまうはずである。だからこの方面の論考はこれまでとして、わたしが稲垣足穂や内田百閒の系譜につらなる飛行機少年の話にもどろうとしていたところ、「シナリオ」誌に続いて「映画芸術」秋号が送られてきた。

「国民的映画『風立ちぬ』大批判！」という特集である。巻頭はいつも試写会に招待してくれる、これまた同世代の沖島勲監督の文章で、彼の結論としていわく、「映画を見て一月近く経ったが……残るのは、あの青い空だ。もう、二度と還って来ない、あの青い空だ。貧しくても、尊かった、青い空。尊い、尊い、今やアニメでしか見られなくなった、青い空……」とある。

この詩的な締めのことばは、いろいろ言ったあげくの沖島氏の本音であるとともに、「引退宣言」までしたアニメの巨匠の絶望感を代弁しているものでもある。わたしがこれから書くことも、そのセンチメントの流れで始めるしかない。

さて、先述の宮崎駿の出自から分かるように親が飛行機製造に関係していると、子どもが飛行機に夢中になるのは自然の流れである。わたしもまた学齢に達するまえから、「航空画報」のたぐいを購読し、「零戦のA6はすごいぞ」などといっぱしの知識を口にしていた。幼児のつねとして、飛行機でさえあれば、もちろん敵味方に関係はない。

熱田神宮で「大東亜戦争博覧会」が開催されたときは、日本軍が拿捕したカーチスP40を間近で見るために何度も出かけていった。

この博覧会には、パレンバンの油田地帯に降下した落下傘部隊の兵士が使用したパラシュートなども展示された。その白い布には、点々と血のあとが付いていていて、その持ち主は、壮烈な戦死をとげたとの説明がついていた。

「藍より碧き大空」に舞った人は、もうこの世に存在しない！　生まれてはじめて戦争で本当に流された血を見たのだ。「その純白に赤き血を、捧げて悔いぬ奇襲隊」と梅木三郎作詞の歌を子どもたちでさえ口ずさむ時代だった。

しかし、熱田神宮の「大東亜戦争博覧会」のことは、橋爪伸也の『人生は博覧会　日本ランカイ屋列伝』（晶文社）にも、馬場伸彦の『周縁のモダニズム　モダン都市名古屋のコラージュ』（人間社）にも出てこない。両者とも労作で、一九三七（昭和十二）年の「汎太平洋平和博覧会」にはページをさいているのに、わたしが夢中になった博覧会については、残念ながら記述がない。

名古屋の大学へ新幹線通勤していたとき、わたしは熱田神宮の資料部に問い合わせてみた。係りの人はすぐさま調べてくれたのだが、名古屋大空襲で資料はあとかたもないとのことで、いまのところ、わたしの幼い記憶に頼って書いておくしかない。

いつかニュース映画の切れ端でも見つからないかと思うのだが、この世にそのようなフィルムが存在するとしたら、昭和十七年の夏、熱田神宮近くの内田橋で眺めたハワイ・マレー沖海戦の仕掛け花火の記録も見てみたい。満艦飾の提灯船が入り江を通り過ぎると、その花火は夜空に一瞬の光芒を描いて散った。

それはわたしたちが強制的に親許を離れて学童疎開させられる寸前のことであったが、想像をたくましくすれば、名古屋勤務だった堀越二郎もその仕掛け花火を見ていたのではないかと思う。なぜかこの映画では父たちの上司である東條英機の二男、輝男の名前が出てこなかったが、みんな見ていてもおかしくない当時の戦勝大イベントだった。

このようなことを書いているのは、『風立ちぬ』という映画は、堀越二郎を主演にしたものではなくて、堀越二郎のやろうとしていることを夢中で見ている飛行機少年の眼で描けばよかったのにと思うからである。おなじくヒットした国民映画ながら、降旗康男監督『少年H』のほうは、少年の視点があるので主人公を批評的にみることができた。

戦時下の航空機映画では、宮島義勇撮影の『燃ゆる大空』(阿部豊監督、昭和十五年)が実写で航空機の飛行をとらえ、飛行機少年の間ではベストワンだった。原作は小津安二郎監督『淑女と髭』や五所平之助監督『マダムと女房』の脚本を書いたモダンボーイ北村小松である。ちなみに「日本空飛ぶ円盤研究会」で、北村小松と親交のあった三島由紀夫は北村の「決して朽ちない少年のこころ」を愛した。さらに小松左京も北村小松の著作を読んで、SF小説を書こうと思いたった。

科学技術的に日本の敗戦を予告して祖父を激怒させたわたしの父は、その一方で、犬を連れて散歩中に、空飛ぶ円盤が竹藪の横をかすめて消えていったと言って、家族の話題になったことがある。かたや三島由紀夫の記述によれば、空飛ぶ円盤の出現時刻を信じた三島と北村も、三島邸の屋上で、それぞれ東の空と西の空を担当しながら、円盤の飛来を待ち受けたそうだが、それはかなわなかった。

北村小松のごとき魅力的な人物について書き出したら切りがないけれど、日本の映画人は『燃ゆる大空』のようなアナログの航空機映画の傑作をもったうえで、次々に飛ぶことをテーマにした映画を作り続けている。

もっとも近いところでは、油谷誠至監督の平成二十五年秋公開『飛べ！　ダコタ』がある。これは戦後まもない昭和二十一年一月、新潟県佐渡島に不時着した英国機ダコタを、島の人びとが再度離陸させるまでの、四十日間にわたるヒューマン・ドラマで、もちろん飛行機が重要な位置を占める。

ダコタは今も名機として有名なDC3のことである。この映画についていた知人スタッフの話では、ベトナム戦争で使用され、現在はタイに保管展示されていた同機を、解体して船で日本に運び、ロケ先で組み立てて撮影したという。だから外見はダコタそのものだとしても、飛行シーンはすべてコンピューター撮影によるもので、その点では『風立ちぬ』と同じく実写ではない。

ウィリアム・A・ウェルマンの『つばさ』（一九二七年）やさきの『燃ゆる大空』などの実写撮影を見て育った飛行機少年とちがい、今のファンたちはコンピューター撮影の精度を含めて飛行シーンを論じるのだろうか。

飛行機少年だなどと言っても、わたしたちの世代はまだ貧しくて、大学時代に飛行機で旅行する者などめったにいなかった。海外留学する学生だって船で行ったものである。

わたしが初めて飛行機に乗ったのも、昭和三十四年東映に入社して、小林恒夫監督、高倉健主演の『高度7000米　恐怖の四時間』の助監督になり、双発の旅客機に乗ったのが初めてだった。

羽田から八戸空港まで飛んだ飛行機の前で、美術部の林さんと記念撮影し、父親に見せた。

すると意外にも父はこのとき、自分はまだ飛行機に乗ったことがないと告白した。「えっ！　では戦時中、さっそうと飛行服を着込んで写したポートレートは何だったの?」とわたしが驚いて訊くと、「あれは零戦のテスト飛行に立ち会ったとき、飛行士のものを借りて記念撮影をしたのだ」と言う。「飛行機を作っていると、乗るのは怖いよ」と感慨ふかげに呟いた父も後年、母と旅行するさいには我慢して搭乗するしかなかったのだが。

疎開していたとき、三州明治村の航空基地から編隊を組んで飛びたつ戦闘機を熱心に見上げていたら、突如、友軍機どうしが衝突し墜落していくのを目撃してしまった。それがトラウマとなり、『風立ちぬ』の零戦のテスト飛行はたのしめたが、戦闘シーンに入ると、いやになった。同時期、ハンブルク映画祭のみやげに美術館で買ってきたドイツ製の紙飛行機に、孫たちは見向きもしなかった。

［中入り②］一九七七年の日本映画再発見

（内藤誠「en-taxi」42号）

伊藤彰彦の『映画の奈落』が贈られてきた直前に、わたしは同書の主人公、高田宏治の文化庁功労賞のための推薦文を書いていた。わが愛するジャズマン、チェット・ベイカーのように、原則としてどんな仕事でも引き受けるわたしだが、今回だけはためらった。四百字詰め一枚の原稿料が六百円という推薦文の安さのせいではなくて、依頼者の真意が分かりかねたからである。

東映であれほど多くの脚本を書いている高田さんに、わたしは一本も脚本を書いてもらっていないばかりか、日下部五朗氏が『シネマの極道』（新潮社）で書いたように、大島渚監督の『日本の黒幕』で、高田さんが降板後、わたしが脚本を引き受けたといういきさつがある。それを知っていながら、依頼関係者はわたしに推薦文を書くようにと言ってきたのだ。

あの小事件のあと、わたしが京都へ脚本の仕事でいったときも高田さんは後輩のわたしに親切に声をかけてくれたりして、男らしく、さっぱりしたかただった。そんなことを思いながら、ここはいちばん、気合いを入れて推薦文を書くことにした。

さて、「鉄腕脚本家」のいろいろな業績を記述したあと、「高田さんは後輩にはかぎりなく優しく、指導者としての功績はひとのよく知るところである」と結んだが、文章は心底からのものだった。そして文責・内藤誠と署名したが、実は伊藤彰彦の日頃の言動が影響していた。

そこに『映画の奈落』が登場したのである。一気に読み、大したドキュメンタリーだと感心したが、同時にいま書いて送ったばかりの推薦文は取り下げになるのではという心配もした。それほど、一九七七年公開の高田宏治脚本、深作欣二監督の『北陸代理戦争』をめぐる闇の部分が克明に白日のもとに露呈され、読者に衝撃を与えるように仕上がっていたからで、同じ東映でも東京撮影所育ちのものが知らない世界が展開していたのだ。

『明日泣く』の撮影中すでに、伊藤彰彦がこの原稿を執筆中だということは耳にしていた。著作に登場する東映関係者の何人かはよく知るひとなので、わたしの名前を出したほうが取材しやすいくらいの助言はしたかもしれない。

知識欲旺盛な伊藤は鈴木智彦の『ヤクザと原発』(文春文庫)は読んでいるはずだから、「暴対法」関係の怖さは十分に承知のはずである。原稿の内容が面白いと思い、『明日泣く』出演の縁で、本の刊行に手を貸した坪内祐三が解題を断ったのは当然である。伊藤彰彦が手弁当でここまで取材して書きたいと思ったのはなぜか。高田宏治脚本への敬愛の念だけだろうか。その真のモチベーションが明記されてないのだから、映画人のわたしだって、とうてい解説は書けない。

ただ言えることは、伊藤彰彦は作品のモデルの実録を調査することが好きなのだ。色川武大原作『明日泣く』の製作時のこと。ヒロイン、定岡菊子にもモデルがあって、色川夫人が「その子は黒人と一緒にウチに泊まり込んで迷惑した」と語りだすと、伊藤は一部のスタッフとともに、にわかに関心をしめした。

慌てたわたしはトルーマン・カポーティ『ティファニーで朝食を』のヒロイン、ホリー・ゴライトリーのモデル、ドリス・リリーがいかにつまらない女だったかを力説した。そのことが詳しく書いてある、常盤新平さんのエッセイ『門灯が眼ににじむ』(作品社)所収の「もう一人のホリー」をコピーして配ろうと思ったくらいだ。いまでもわたしは原作のキャラクターでよかったと確信している。

『北陸代理戦争』も結局のところ、実録そのものではなく、高田・深作のフィクションであったことは、伊藤が暴力団組員とのインタビュー・テープの掘り起しや準備台本と決定稿の綿密な比較検討によって証明したわけである。

ただ伊藤彰彦は、『北陸代理戦争』を表層的に見ることだけでは満足せず、映画の奈落とともに、高田宏治の私的ドキュメントも書いた。さいわい当の高田さんは、この本が大いに気に入ったようである。

それというのも、降旗康男監督からわたしに宛てた手紙によれば、降旗宅には高田さんのカード付きの『映画の奈落』が届いたというからである。ふたりはともに仕事をしていた。降旗さんの手紙には「(高田さんに)いろんなことがあったらしいとは納得しましたが、今、どうしているのかだけが気がかりです」と書いてあった。わたしも知りたいし、それはおおかたの読者の感想でもあろう。実名の入ったドキュメンタリーの難しさである。

いまひとつ気になるのが、伊藤が読めなかったことを悔しがっていた、射殺された川内組組長の、死の直前に深作監督宛てに出した手紙の内容である。アスペクト社の『仁義なきバトルロワイヤル』には写真まで出ているそうだから、どこかにあるはずで、ミステリー性もある本の流れからすれば、誰しも読んでみたくなるのだ。

伊藤彰彦も書いているように、一九七七年公開の『北陸代理戦争』は客も不入りで、東映の実録路線の終焉を告げる作品となったが、この映画のもつ陰鬱さからすれば、当時の観客がついていけなかったのも無理はない。

ちなみに深作・高田コンビの次回作は千葉真一主演の『ドーベルマン刑事』で、併映は拙作『ビューティ・ペア　真赤な青春』だった。こちらは人気絶頂のビューティ・ペア映画だから客席は若い女の子でいっぱいだった。

わたしは田中陽造、荒井晴彦と『地獄の天使　紅い爆音』の脚本準備中に、京都から東京へ赴任してきた天尾完次企画部長に呼び出されて、『地獄の天使』が撮りたければ、まずビューティ・ペアを撮るようにと言われた。坂上順プロデューサーもそうしろと言うのでにわか勉強で女子プロレスを見て歩いていたところ、シルヴェスタ・スタローンの低予算映画『ロッキー』が公開されて大ヒットした。おかげで、ジャッキー佐藤とマキ上田に、歌に合わせて、当時のフジテレビ近辺の坂道を駆け巡る指示を出しやすくなった。彼女たちも多忙ななか、よく走ってくれた。

こうして無事に『地獄の天使』もクランクインにたどりつけたのだが、寺山修司『ボクサー』が同時公開で、そちらは予算たっぷり。『映画の奈落』を読んで初めて、菅原文太が病気を理由に『北陸代理戦争』を降板し、松方弘樹に代わったことを知ったけれど、『ボクサー』の菅原は溌剌としていた。わが方は、入鹿裕子と舘ひろしという新人だった。入鹿は渡辺えりと一緒に芝居をやっていて、舘はいまでこそ、ひとのいい親父を演じたりしているが、一九七七年当時は、ヘルス・エンジェルス・ニューヨーク会見記を「平凡パンチ」へ掲載するようなオートバイ少年だった。

さて、わたし自身は相変わらずの添え物映画に専念し、時代の変化にもさしたる影響は受けなかったが、それでもスタッフルームを隣り合わせる寺山とは毎日のように口をきき、彼が来たことによって、東映にもロマンの風が吹けばいいなどと日録に記していた。

伊藤彰彦は『明日泣く』がハンブルク映画祭に招待されて、一緒に出かけたとき、ドイツの観客に、わたしがB級映画で好きなことしかやらないから(作家性などとおおげさなことを言った)、いつまでも映画を撮っていられるのだと弁舌をふるったが、坪内祐三主演の新作『酒中日記』まで勘定に入れると、当たっているかもしれない。

一九七七年の日本映画で特筆すべきは、映画会社の助監督育ちではなく、ＣＭの世界から大林宣彦が桂千穂の脚本で『ハウス』を撮り、東宝で公開されたことである。級友で美術評論家の石崎浩一郎はかねてより大林と自主制作映画で付き合いがあり、名前は聞いていたが、よくぞ東宝でこれを撮ったものだと感心した。大林さんにはその後、拙作『俗物図鑑』の自殺評論家の役で出てもらい、わたしは『時をかける少女』の原田知世の父親役で出演した。さらに桂千穂とともに『廃市』や『少年ケニヤ』の脚本も書いた。

大林監督とのことで残念だったのは、天正少年使節を描く大作『少年きりしたん』がわれわれの脚本もできていたのに、なぜか挫折したことだ。後年、バチカン宮殿を訪ねたとき、法皇に会うために、少年たちはこの石畳の上をすり切れた草鞋でペタペタと歩いていったのだと思い、切ない気がした。

いずれにしろ、坪内、伊藤の指摘するように一九七七年は日本映画の転換期で東映の『北陸代理戦争』と東宝の『ハウス』が鍵を握る作品だった。東映の敷地内の温室で育ったわたしも角川の脚本を書き、荒戸源次郎たちと自主映画を作ることを考えるようになった。

そのころを境に、角川映画がメインストリームとなり、わが東映でも、一本立ての大作路線がはじまって、そのポジションにいないプログラムピクチャーの監督たちは、作家主義とは言わないまでも、自分で映画を作ることを考えるようになった。

技術的な面でもこの年は大きな節目を迎えていた。いまでこそ映画撮影の主流はデジタルになっているが、フィルムからVTR撮影への移行はまずテレビ放映の作品から始まった。その変化の与える影響は初めてパソコンを覚えたときのように、われわれの世代には努力の要ることだった。

具体的な話をしよう。『地獄の天使　紅い爆音』の試写が終わるとすぐ、わたしは森村誠一原作、松山善三脚本の毎日放送の仕事をするようにと言われた。その撮影は森谷司郎、井上昭、蔵原惟善とリレー式に仕上げられ、いちばん後輩のわたしは松田優作の登場を待って、立山連峰に登る最終の二話ということになっていた。各映画会社が入り乱れてのスタッフ編成だが、このときはフィルム撮影で現場的には戸惑うことはなかった。

ところが、その仕事が終わるとすぐ、テレパックに勤めていた東映同期の渋谷幹雄がわたしに持ってきた仕事はテレビ朝日の土曜ワイド作品でルイ・C・トーマ原作『死のミストラル』だった。日本語題名は『風の訪問者』ということになっていたが、VTR撮影だという。「VTRか、それはたいへんだ」というわたしに、渋谷は「だから、おまえには脚色にまわってもらう。そのあと、監督補佐のギャラも出しておくから、現場についてVTR撮影の勉強しろ」といった。わたしはその忠告に従い、VTRの演出ができるようになった。そんなわけで、坪内祐三と伊藤彰彦が見直した一九七七年はわたしにとっても、いろいろ思い当たることの多い年だった。

第二章　名田屋氏、大いに語る

国際室長就任

一九七七年、『週刊現代』編集長を終えて、会社からは「ご苦労さん」の意味をこめて、次は何をやりたいかと問われ、国際関係の仕事を選びました。

この国際室というところの主な業務は、まずは版元間での版権の売買、次に国際出版の企画立案です。編集については内容によって編集部にまわします。あとは国際ブックフェアでの出展があります。主なところでは、フランクフルト、ボローニャ、モスクワ、そしてイスラエルでの宗教書を中心としたもの、そして米国でのＡＢＡ全米図書展ですね。講談社はニューヨークに支社があったので、ここに出展する権利があったのです。それからＩＰＡ国際出版人会議への参加です。講談社といえば日本を代表する出版社ということもあり、そのような国際会議にも出席しました。

フランクフルト国際ブックフェアにて（左から野間社長、足沢副社長、名田屋さん）

具体的には、まずは『週刊現代』で連載していただいた小野田寛郎さんの手記があります。これは小野田さんの手記ということもあって国際的な関心が高かったため、おそらく九カ国ぐらいに版権が売れたと思います。とはいえ、日本語という言葉の壁がありますから、なかなかそれほど版権を売るというのは容易なことではありません。どうしてもヴィジュアルで勝負する美術書や写真集が中心となります。次第にこれも講談社の財産が尽きてくるわけです。

講談社の独自のヴィジュアルものとして大成功していた「世界の美術館」シリーズがあり、英語版は海外でも売れておりました。全二十巻ほどだったと思います。大英博物館やルーヴル美術館、メトロポリタン美術館など世界各地の主要な美術館・博物館を紹介したものですが、そのなかにトルコのトプカプ宮殿美術館が入っていませんでした。

そこで、当時の講談社の副社長・足沢氏がかけあって、どうしてもトプカプ宮殿美術館をシリーズに入れたいと交渉してきます、といって取材許可、出版交渉のためにイスタンブールに出向いたのです。それが始まりで、その後「世界の文化遺産シリーズ」といった企画もスタートさせ、メソポタミア、インダス、エジプト等の古代文明のヴィジュアル本の出版交渉にも着手し、交渉成立したのち、日本から編集者、カメラマンを現地に送って取材を開始するわけです。

そのような交渉に各国をとびまわっていたときに、ある情報を聞きました。エジプトの大統領がナセルからサダトにかわり、と同時にそれまでのソ連中心の東側陣営から西側陣営に移り、親米になります。そして、ときあたかも米国が独立二百年ということもあって、それらを記念して「ツタンカーメン展」を全米十三カ所で巡回するという情報を知ることになりました。それを足沢副社長に伝えると、「ツタンカーメン」の美術本を編集・製作しようと積極的でした。エジプト当局と交渉し、早稲田大学の吉村作治先生にも協力をいただいて、ようやく出版の許可が下り、日本から一年ぐらいカイロに編集者を送り込んで取材しました。

そして、米国のニューズウィークの出版部と提携して米国でも販売したのです。すると巡回展の話題性ともあいまって、その年の美術本の第一位になったと思います。『エジプトの秘寶　トウト・アンク・アメン（ツタンカーメン）編』（緒方禎亮編集、講談社、一九七九年、函入り。限定二千部。定価四万八千円）。

そういった企画を進めていくなかで、死海文書または死海写本の企画がありました。ご存じのように、一九四七年以降、死海北西にあるクムラン洞窟周辺で発見された写本で、主にヘブライ語聖書（旧約聖書）と聖書関連の文書からなっているものです。当時は「二十世紀最大の考古学的発見」といわれ、この文書を所蔵していたのがイスラエル博物館の死海写本館でした。これは日本人が設計したものです。

キリスト教徒でもあった足沢氏に相談するとまたまた積極的で、死海写本の複写版を製作することになり、死海写本館の館長と出版交渉して、一冊百五十万円の本をつくりました。主に全米の図書館や大学の研究所などに販売しました。

そのような企画と同時に想い出すのが、ギリシャ情報省の方々との食事会のことです。クレタ文明の遺跡などを取材していたときのこと。すでにエーゲ海のクルーズはオフシーズンで、セスナをチャーターして短期間でエーゲ海をまわったのですが、普段からギリシャ情報省にはお世話になっているので感謝を込めての夕食会をもちました。その際に、情報省の役人が、フィリッポス二世の墓が見つかって、そこからいろいろな財宝の発見があったと教えてくれました。フィリッポス二世といえば、アレクサンドロス大王の父で、ギリシアの弱小国であったマケドニアに国政改革を施して、当時先進国であったギリシア南部の諸ポリスにも張り合える強国に成長させ、カイロネイアの戦いでアテナイ・テーバイ連合軍を破って、コリントス同盟の盟主となったギリシアの英雄です。

その情報を耳にすると足沢副社長は予定を変更して、ハイヤーをチャーターしてその墓を見に行こうと言う。ものすごく大きな墓でした。副社長は「マケドニアの財宝」という美術本を作ろうと言い出す。財宝を探り当てたテサロニキ大学のアンドロニコス教授に出版交渉を始めました。教授のみの一存では出版の許可はできないというのです。これまでの発掘のための費用はすべて国の負担なので、国の許可を得なければどうしようもないとのことでした。

アンドロニコス教授はこれまでの講談社の出版に関する経験値を知っていたので、講談社に出版の許可を出すのは構わないという意見だったのですが、国は極東の日本が世界レベルの発掘・発見の歴史を最初に本にするというのは納得いかなかったようで、結局、出版交渉はご破算になってしまいました。教授の欧米の考古学会への出張には、鞄持ちとして一緒に出掛けたりもし、ねばったのですが。

海外出張は波瀾万丈

とにかく、企画というものは成功したり、流れたりすることは付きものです。わたしは週刊誌編集記者が根っこにあるので、どうしても交渉だけで動くということができません。必ず何かしらのネタを仕込むことを考えてしまいます。「死海写本」の交渉でイスラエルに出張したときもそうでした。赤軍派の岡本公三がテル・アビブの陸軍刑務所に拘留されており、インタビューするか手記を書かせられないか、伝手をたよってエルサレム大学の教授から牧師か教誨師につないでもらいました。そうしたら岡本公三が広辞苑と原稿用紙をもってきてくれとの応答だったのです。

当時、わたしは長髪だったので、イスラエル側からは同志と思われたのか、テル・アビブ空港で丸裸にされ徹底的なボディチェックを受けました。とにかく、日本人というだけで怪しまれ、装甲車のなかでチェックされました。しかし、残念ながら結局この企画は実現しませんでした。かつての雑誌編集者の血が騒いで「スクープをものにしてやろう」と思ったのですが。

いま（二〇一五年九月現在）、シリアで激しい内戦が起きていますが、かつてダマスカスのセミラミス・ホテルに泊まっていたとき、アレッポにあるメソポタミア美術館へ取材に行って（ダマスカスからアレッポまで約五百キロほど離れている）、早朝にホテルを出て夜には帰還しようと考えて動いたのですが、取材を終えて夜遅くホテルに戻ってきたら誰も人がいません。ゲリラがホテルに

公開処刑後に集まった群衆

早朝乗り込んできて占拠し宿泊客を人質にとり、政府によって身柄を拘束されている同志ゲリラたちとの交換を要求していたのです。

当然、（父のほう）アサド大統領は彼らの要求を拒否します。そうして、ゲリラ対政府軍の攻防戦が始まって、宿泊客が十人ほど、ゲリラが一人、死にました。ともあれ、われわれはアレッポに取材に出ていたおかげで難を逃れることができました。しかし、ホテルはその攻防戦で従業員も宿泊客も誰もいません。足沢副社長とわたしは泊まるところを見つけなければならなくなったのです。

そこで、まずは日本大使館に連絡したのですが、町は戒厳令がしかれていたためまったく連絡がとれません。仕方がないので、誰もいない停電中のホテルで一夜を明かしました。このホテルは政府軍の司令本部になっていて、早朝、ホテルの前の広場でゲリラ三人の絞首刑を実行するというのです。深夜三時に処刑を行う。われわれには特別にその取材許可を与える。そのかわりに、ホテル内で略奪された荷物のことは忘れてくれ、ということでした。早速、ホテル前の広場には処刑台が設置され、深夜なので照明で処刑台を照らしておりました。処刑実行の時刻となり、司令官による指示で、ゲリラ三人の絞首刑が執行されました。三人は宙吊りの状態。そんななかで取材しているのは許可証を持ったわたしだけでした。

ともあれ、とにかく早く戒厳令下のシリアを抜け出そうとまずはイランへ移動しました。そして、絞首刑の現場を撮影したフィルムは無事に日本へ持って帰ることができました。そのときの写真は、『週刊現代』と『Newsweek』に掲載されて、たしか五百ドルほど貰ったような記憶があります。そ

Dick Maurice

A Croatian held a TWA pilot

Women prayed for an end to terrorism in Ireland, and Syria sought to deter it with the rope. But a global underworld continued to play the politics of violence. Croatian nationalists skyjacked a TWA jetliner from the U.S. to Paris, and bombings killed Britain's ambassador to Dublin and a Chilean exile in Washington.

Shoji Nadaya

Syria hanged three guerrillas who seized a hotel

名田屋さんの写真が掲載された『Newsweek』（1977年1月3日号）の誌面

して、その『Newsweek』に掲載された写真がその年の某写真賞にノミネートされました。とにかく、「死」の瞬間をあれほど間近で見たという経験はあとにも先にもあのときだけです。死刑執行のとき、その周囲にいたのは軍の関係者だけでしたが、死体はしばらく吊るされたままで、死刑執行の情報がラジオで放送されたらしく、空も明るくなった朝八時ごろには、ホテル前の広場には大勢の人たちが集まって処刑のあとの様子を見に来ていました。いわば見せしめですね。

書籍の企画で『世界の動物百科』の製作に参画したのも思い出深いです。講談社には児童向けの書籍を編集・製作する部署があって、イタリア・ミラノにある出版社、モンダドーリと提携して、国際版の百科事典を企画・製作したのです。編集部をモンダドーリにおいて、わたしはミラノに出張していました。動物の絵を描くイラストレーターは世界中から公募しました。そのほうが日本国内で発注するよりもコストが安かったからです。

企画・監修は日本の講談社なので、できあがってきた動物のイラストは監修者の日本人学者にチェックしてもらうのですが、学者の方々はやはりすごい。たとえば、ゴリラのイラストで、体毛の描き方が間違っているので描き直させてくださいというのです。要するに、体毛の生え方の向きが違うという指摘です。

また、ニホンカモシカのイラストで、イラストレーターが添え物として樹木も一緒に描いているのですが、その木はどう見ても椿で、ニホンカモシカが椿を食べているように見えるのです。おそらく海外のイラストレーターは、日本の花のイメージとして椿を思い描き、それでサーヴィスのつもりで描き込んだのでしょうが、日本の動物学者は、ニホンカモシカは椿を食わないので、間違った印象を与えるこのイラストは描き直させてください。また、象の鼻先の穴の形状の違いについても、アフリカ象とインド象では形が違うようなのです。とにかく、そういう指摘を受ければ、事典ですから正確に訂正しなければなりません。苦労が多かったですね。

この微細なイラスト入りの『世界の動物百科』は日・英・独・仏・伊・西の各国語版を製作し、これが大成功しました。企画・監修が講談社、編集・デザインがモンダドーリという共同出版（co-publishing）というビジネスモデルの長所は、紙・印刷・製本のコストが日本国内で製作するより安く抑えられるということです。

五巻本の「中国の旅」の企画・製作も忘れられないですね。毛沢東が死んで四人組（中華人民共和国の文化大革命を主導した江青、張春橋、姚文元、王洪文の四名のこと）の事件があったころです。当時はまだ、中国に入国するのは難しいころで、講談社でも中国共産党のしかるべき地位にある人物を通じて、企画を実現させるために出版許可を得るために動いて、ようやくその許可がおりました。北京に入ってからも撮影取材許可のために当局と交渉を行うのですがスムーズには進みません。時間がかかります。その間、雑誌編集者の血が騒ぎ、北京市街の探訪に出かけました。まだまだ自動車は珍しいころで、自転車を借りて街なかのスナップ写真を撮影したのです。とにかく、住宅地の洗濯ものを見れば市民の生活水準がわかると考えて、奥の小路まで入り込んで撮影していると、どうやら怪しい人物がいると通報されたようで、警官がやってきたのです。「ここで何をしている。身分証を見せろ！」とやりとりして、滞在先のホテルや、現在、出版のための条件交渉をしている共産党の部署の人物のことを説明しました。しかし、警官は完全にこちらをスパイだと見て簡単には自由にしてくれません。交渉窓口の共産党の人物が駆けつけてくれて、なんとかおおごとにはならずに済みました。ともあれ、そのときの思いつきの取材のおかげで、中国の市民の暮らしぶりがよくわかりました。たとえば、公衆電話は理容店にしかないとか。

その「中国の旅」シリーズも各国語版を製作し、成功しました。とにかく、共同出版というビジネスモデルをもっと積極的に展開しておけばよかったと改めて思いました。文化的水準では高い国だけれども人口が少なく、大部数が望めず、高価格の書籍を出版することができないという国があるのです。たとえばそういう国を巻き込んで、オランダ語版、スウェーデン語版等を製作する。事前の注文チラシをつくって、まとめて注文をとれば失敗はしません。だから、もっと意欲的にがんばっておればよかったなぁとほんとうに思います。

そのころ、五木寛之さんにお会いすることがあって、五木さんに「いまどんな仕事をやっているの？」と訊かれたので、「海外モノの企画で共同出版をやっています。そこで、商社と提携してアラブ諸国に向けてアラビア語の学校教科書の出版を考えています。イスラムの人口は多いですから成功すれば大きい」というと、「それはいいかもしれないね」と五木さんに激励されたことを思い出します。

モスクワの夜

とにかく、そのようにあちこち海外出張していて、いまでこそユーロのような通貨があったりしますが、ポンド、フラン、マルク、リラ等、また言葉の違いに時差もあって、かなりのストレスが重なり、もともと血圧が高かったのですが、二、三回ほど倒れたことがありました。

とはいえ、根っからの編集者根性というか貧乏性というか、ただたんに出版の交渉だけで海外出張を終えるということがなかなかできない人間なのです。たとえば、モスクワ国際ブックフェアに行くとわれわれ日本の出版社は招待されているので、夜は海外の版元はボリショイ・バレエ公演の見学に行ったりするのですが、わたしはそこを途中で抜け出して、地下鉄に乗ってモスクワ市街を見てまわろうと企むわけです。いかんせんモスクワではロシア語しか通用せず、電車内で隣り合わせた紳士に英語で話しかけてもまったく通じない。宿泊先のホテルに先に帰るといってひとり抜け出したため、往きはバレエ会場まではチャーターのバスだったので何の心配もなかったが、帰りは地下鉄でいかにして宿泊先のホテルまで戻ればいいのかまったくわからない。なんとかホテルまで辿りつきましたが……。

そんなとき、ホテルのバーで飲んでいたら、高級娼婦が外国人のわたしに近づいてきて、「アパートに来ないか」と誘う。そして、姪っ子を呼んでもいいか、と。これまた編集者の血が騒いで、冒険に出かけた。

彼女のアパートでは、レコードをかけて踊ったり、風呂に入ったり。おかげでモスクワ市民の実生活を観察できました。深夜になったので、そろそろホテルに帰ろうと思って、タクシーを呼んでというと、ダメだという。朝までここで一緒にいてくれというのです。要するに、外国人を自宅に引き入れたことが当局に知られると、面倒なことになるのでしょう。モスクワ市民の暮らしぶりを見てみたかったのです。

それから、ヴァチカンのシスティーナ礼拝堂のミケランジェロが描いた天井画をまとめた高価な美術書の製作では、講談社の美術書担当の編集者と、イタリア在住の日本人カメラマンと一緒に長期の取材にかかわったことがります。そのときもせっかくだからと思ってヴァチカン宮殿内をあちこち写真撮影してまわっていたら、スイス人の衛兵に呼び止められ、厳重な注意を受けたこともありました。

新雑誌開発委員会発足

講談社で新たに雑誌を企画するので開発委員会というのができました。その委員長をわたしが担当したのです。この委員会では、十案ぐらいの答申案を作成して、そのなかに海外雑誌との提携誌の案も入っており、要するに集英社の『プレイボーイ』に対する、講談社の『ペントハウス』だっ

週刊新潮

39

榎本三恵子「妊娠」で弥次馬た
名指す「父親」の名

これほど自由奔放に生きられたら、世の中が楽しくて仕方がないのではないでしょうか。〝ハチの一刺し〟なる名文句で颯爽《さつそう》とデビューした、かの榎本三恵子サン(三〇)。その後の彼女は、一刺しで死ぬどころか、女性として実に見事な〝花〟を咲かせています。離婚、再婚、離婚を繰り返し、男性誌に〝熟女ヌード〟を披露したばかりか、艶聞も数知れず。その

彼女が、ちょっと鳴りをひそめていたと思ったら、今度は、ご自身が主演するはずだった映画の脚本が気に入らないとケッ飛ばし、揚句の果ては「妊娠騒動」を引き起したのです。

父親の「条件」と「証拠」

『週刊新潮』（1984年3月8日号）に掲載された名田屋さんと榎本三恵子さんのスクープ記事

たわけです。それで、提携誌については、「名田屋、お前が責任者になってやれ」ということで編集兼発行人ということになったのでした。

そんな折、当時、世間では「情報誌」ということがよくいわれていたのですが、わたしはその意味を深く理解していませんでしたが、ヴィジュアルがメインの雑誌こそが情報誌だろうと考えて、『ペントハウス』を立ち上げたのです。講談社内でここに集まる者を選び、ほとんどが初めて顔を合わせるメンバー。一九八三年三月、『月刊ペントハウス』として、十五人体制でスタートしました。

若い編集者らと侃々諤々、素材についていろいろ考えました。また、発行人ということでもあったので、ニューヨークにあるペントハウスの本部まで出向き、日本版の出版条件の交渉をするのですが、そこでペントハウス社長のボブ・グッチョーネ氏と親しくなり、ロイヤリティー等の出版に関する条件は、集英社の『プレイボーイ』よりも低いパーセンテージで了解を得ました。とはいえ、時代は円高傾向になっていたのでロイヤリティーの率は低かったのですが、実入りはいいので喜んでおりました。

とにかく『ペントハウス』といえばヌード雑誌、先発の『プレイボーイ』には負けるなと気合いを入れてスタートしたものでした。とはいえ、われわれにはヌード雑誌を編集・製作するノウハウがありません。『プレイボーイ』には、『明星』から脈々とつながるかわいい女の子たちのヴィジュアル系雑誌を製作する伝統がある。そこで『ペントハウス』では、「ヌードはニュースである！」

couple

水宗匠との縁結関係を否認した折参 そう断言したという。保子夫人が〝ただでは〟というには、たしかにもっともないわれがある……。

保子夫人は57年6月に池坊華道会副理事長の職を解かれた。現在の彼女に残さ

熱心になった」(学園関係者)という。そして保子夫人は昨年暮にはあんまり熱心すぎて組合の突上げをくらうことになる。

一体、夫人は何をしたのか? コトのおこりは学園の移転話。京都のさる不動産

水学院を売却し、施設を拡充して移転させたいという。で、夏に日本生命保険が京都・東京あわせて50億で買い、代りに学園が府下綴喜郡田辺町の日本の土地を40億で買って学園を移すという話がほぼ

の宗教紙が話をスッパ抜き、組合は保子夫人に団交を求めるという大騒ぎになったのだ。ある学園関係者は「保子さんは華道会を切られて焦っている。月100万余りとかいう副理事長としての給与はなく

なるし、その分、学園理事長の権限をフル活用して、金をつくろうとしたのでは」と解説するが、日本生命は「単なる噂。売買の話はなかった」と否定する。

さて、その保子夫人はどんな新春をお迎えになったか。彼女は京都にいなかった。12月28日、成田にいた。そして夫人は

46歳の編集長氏を従えてシスコへ飛んだ。残念ながらFOCUS編集長じゃない。講談社の名田屋昭二PENTHOUSE編集長(写真左)。社内の消息通にきくと「あの二人はよく飲み歩いてるし、名田屋さんは発展家だからネ」とのことである。更にまた保子夫人の友人の中には、

抜きさされた人もいる。が、トーゼン、編集長は「仕事上の付合い。手を握ったこともない」とのお答え。要するに編集長は昨年3月雑誌創刊以来、夫人のヌード写真撮影を交渉し、京都で飲み、東京で共にゲイバーに遊び、口説き続け、やっとOKの返事をもらい、それ以上のコト

に今回のシスコ行はヌード撮影旅行だった。保子夫人はシスコで全裸ヌードを撮り、ベガスに遊び、ロスに1泊してこの4日帰国した。樋本三喜子、竹久みちに続く不気味オバハンヌードシリーズ第3弾は1月25日発売のペント誌掲載予定。なんでまたヌードに? 夫人いわく、〝これ

PHOTO

『フォーカス』(1984 年 1 月 20 日号)に掲載された名田屋さんと池坊保子さんのスクープ記事

というコンセプトを前面に出して、とても脱いではくれそうにない女性をヌードで登場してもらう、これを『ペントハウス』の売りにしようと考えました。

とにかく、やんごとない方々を脱がせること、たとえば美智子妃をヌードにしたらすごいニュースだというわかりやすい例をあげて、第一号のヌード企画を検討しました。そして、やっと決まったのが女優の岸恵子さん。すでに五十歳を過ぎていましたが、映画女優としてのカリスマ性をもっていました。そして次に、ロッキード事件の裁判で「蜂のひと刺し」発言で有名になった、榎本三恵子さん。榎本さんとの交渉ではいろいろありました。しかし、一度やると決まれば、完全なるヌード、ヘアも隠したくないといいました。そんなことをモデル側から言われたのは初めてのことでした。

最初の交渉は電話でしたが、顔を合わせての交渉は渋谷区にある日本ユダヤ教団でやりました。ここならば日本人が入ってくる心配もなく、またユダヤ人が榎本さんのことを知らないので情報が漏れることもないわけです。そしてようやく出演のOKをいただきました。カメラマンは加納典明さん、撮影場所はハワイでということになりました。榎本さんのヌードが『ペントハウス』に掲載されてからは、テレビ、新聞、雑誌等、多くのメディアが紹介することになり、一気に『ペントハウス』という誌名が世に知られることになりました。榎本さんの宣伝効果はものすごかったです。

わたしが直接、出演交渉した女性のなかで話題になったのは池坊保子さんです。貴族院議員で子爵の梅溪通虎氏の三女、池坊の家元・池坊専永氏と結婚しました。彼女のご主人は、そのころ京

ニューヨークのグッチョーネ邸に招かれた名田屋さん

都・祇園の女性のところに行ったきりで、華道のほうの運営はほったらかし状態。彼女は家元の妻として、実質的に池坊家の実権を握りたかったので、娘たちと一緒にがんばっておられました。

池坊保子さんにつながった経緯というのは、女優・松原千恵子さんと結婚したジャーナリストの黒木純一郎氏の縁で、このときの仲人だったのが池坊夫妻でした。それで、撮影を兼ねてラスヴェガスへ保子さんと娘さんたちと一緒に移動しようとしていたところ成田空港で写真週刊誌『フォーカス』に盗み撮りされてしまって、そんなことがありました。

次に「三越事件」で有名になった女帝・竹久みちさん。出演の交渉をしていくなかで、彼女は裁判費用を捻出しなければならなかったということもあって、軽井沢にある自分の別荘を講談社で買ってくれないか、ということも出てきたりして、とにかくそんなこんなのやりとりをしていくなかで胸襟を開いてくれて「ヌードになる」と快諾してくれたのでした。

あとは雑誌の発行を維持していくためには、もちろん雑誌が売れてくれなければならないのですが、同時に広告収入をどれだけ伸ばすかということが大事です。とはいえ、男性誌の場合、広告ソースというのが限られているので、それが大きな問題でした。たとえば、クルマ、酒・ビール、カメラ、腕時計等ですが、ともあれ、本社が海外企業の場合には、『ペントハウス』という誌名がネックとなってなかなか出稿してくれないのです。やはり、本家の『ペントハウス』は悪名高い雑誌でしたから。

とはいえ、発行人としてはなんとか日本の企業に広告を出してもらうために「イメージづくり」

来日したペントハウスのモデルたちと六本木のバーでカラオケを歌う名田屋さん

も工夫して、内容誌面も本家とは違うということを積極的に打ち出して、田中角栄さん、中曽根康弘さん、竹下登さん等の首相へのインタビューや、連載頁でも純文学系の作家の遠藤周作さんや吉行淳之介さん等の原稿もいただきました。そういう大胆な誌面づくりが奏功して、月刊誌としては『文藝春秋』と同じぐらいの部数になったこともありました。

これまでわたしは活字メインの雑誌を編集してきたわけですが、『ペントハウス』を編集するにあたっては、同じネタをいかにして視覚化していくかということを念頭に、苦心しました。たとえば、竹下登さんとの討論頁の誌面づくりとしては、竹下さんと政治評論家をボクシングのリングに上げて、いかにも闘いであるという状況を撮影しました。

ともあれ、世界各国で発行されている『ペントハウス』編集長会議が二年に一度、ニューヨークで開催されます。日本版はかなり良い発売成績だったこともあって、わたしをグッチョーネ氏は私邸に泊めてくれたりしました。『ペントハウス』本誌のモデルさんたちもたくさんいました。

そこで、グッチョーネ氏が訊くわけです、なぜ日本版はそんなに売れるのか、と。わたしは、本誌のモデルを使わず、日本版独自のヌードモデルを見つけ掲載し、記事も日本の読者に向けて作成しているからだといいました。だとしたら、米国本誌ももっと売りたいのでなにか良いアイデアはないかと。それで、「エリザベス・テイラーはどうですか?」と提案しました。

当時、エイズで死亡した俳優ロック・ハドソンのこともあって、エリザベス・テイラーは「エイズ基金」を創設する活動をやっていました。リズのところへ行くのに、講談社ニューヨーク支社の顧問弁護士だったG氏の奥様が日本人で、この「エイズ基金」と関係しており、このつながりからリズにつないでもらって、グッチョーネ氏と一緒にヌードモデルとして出演交渉のため口説きにいきました。

しかし、うまくはいきませんでした。でも、そういう発想をグッチョーネ氏は記憶していたのか、のちにヴァネッサ・ウィリアムスをヌードにするのに成功しました。彼女はアフリカ系アメリカ人として初のミス・アメリカ（第五十九代）となり、歌手のみならず、数々の映画やテレビドラマやミュージカルに出演するなど女優としても成功を収めた女性です。

そういうようなヌードグラビア頁の企画には苦労したわけですが、とはいえ、まだ日本ではヘア解禁ではなかったので、米国本誌のヌードを掲載するとヘアが見えているとかクレームがきて、警察に呼び出されたことは何度もあります。ともあれ、「ヘア」がダメなら、性器そのもの、または中身はどうなのだろう、ということで編集部セックス班が苦心惨憺考えて、「マン拓」などという企画を編み出したこともあります。いわゆる「魚拓」のオ××コ版ですね。また、温度によって色味が変わる仕掛けの頁とか、香料が埋め込まれている頁とか、知恵を絞っていました。

そういうことでは、とにかく警視庁の防犯部保安課にハンコをもって出向き、二度とこういう不始末はいたしません、といって帰ってくるわけです。もう何度も行っているので、警察官とも顔見知りになって、「名田屋さんも懲りない人ですね」といわれ、「今度は婦人警官のヌードを企画します」といったこともありました。有名人のヌードもコマが少なくなってきていましたから、東大生のヌードとか米軍基地の士官のヌードとか、素人モノの企画も考えました。

そのような流れで、当時、オックスフォード大学に留学していた皇太子浩宮が交際していたという噂のあったノルウェー人の女性がいて、彼女のヌードを企画しようということで、編集者とカメラマンが英国に取材に行きました。結局、ヌードは撮影できませんでしたが、彼女の写真は掲載しました。

ところが、気を利かした担当編集者が、現地で皇太子にインタビューをしたのです。これがまずかった。というのも、留学中の皇太子には取材はしないといういわば紳士協定を宮内庁とマスコミ各社が結んでいたのです。そんなことはこちらはまったく知らないので、今回は申し訳ありませんでしたという詫び状を書いて、なんとかおさまったのですが、おさまらないのが右翼の方々、さまざまな右翼が街宣車で講談社にやってきました。

なかでも、たしか右翼系新聞を発行している編集長が怒りを静めることができず告訴したのです。そうしたら警察も動きだして、印刷所や製本所、各取次まで捜査の手が入りました。わたしはほとんど毎日、警視庁で事情聴取です。印刷会社や取次の方とは違って、取り調べには慣れていたので、「懲りない人ですね、名田屋さんは」といわれながらも、保安課なので、ヤクで捕まっている腰縄の人を警察官は指さしながら、「名田屋さんもそのうち、ああなるよ」なんて脅されたこともあります。

そういうこともあったのですが、約四年ほど編集人をやって、月刊誌としてはかなり売れていたので、週刊誌もやろうということで準備に入っていたのですが、結局、実現しませんでした。

その後、高齢化社会を迎える日本の読者に向けて、中高年向けの「不良雑誌」をつくろうと考え、その準備のため米国に調査に行きました。米国では、この手の雑誌は発行部数が一千万部ぐらいのものがあって、政治的にも力を有し、ロビー活動までしているようなメディアもあるのです。

たとえば『ナショナル・ジオラフィック』のようなNPO法人で、税金を免除されているような雑誌を日本でつくることができないものかと考えていました。その誌面のメイン企画では、「健康」や「同窓会」等を基軸にして、多くの高齢者を読者にして、いずれは政治的な力を有する。高齢者はもちろん、選挙権もあるし投票率も高いということで、なんとかこの手の雑誌を日本でつくってみたいと思って、同窓会のコーナーでは田原総一朗さんなどにも協力をいただいてパイロット版を拵えてみました。しかし結局、小型な雑誌の『遊勉』というものになり、二号まで刊行したと思います。

当時、講談社にて編集業務に携わった個人史としては、おおよそこのようなことでした。

第三章　補足的セルフポートレート／内藤誠

ヌーヴェルヴァーグの季節、撮影所に入る

東映の撮影所に入ったのは一九五九(昭和三十四)年四月。とにかく、京都撮影所は怖いところだと思っていました。時代劇はあまり自分の性には合わないと思っていて、東映のチャンバラはよく観たけれど、明けても暮れてもそれを撮るのはしんどいなって。だから、京都へ行くのはちょっと嫌だなって思ってました。日活にも願書を出してて受験はしなかったけど。もし東映で京都撮影所へ行くっていうのが条件だったら、たぶん日活を受けていたと思います。日活では事務系と現場とを試験の段階では区別しなかった。東映は最初から区別していたので必ず撮影現場の人間になれるっていうのはわかってたからね。

一九五八年は日本映画観客動員数が最高の年で、その翌年は製作本数が一番か二番くらいに多か

った年です。いつまで助監督やるのだろうと思ったけれど、第二東映とかニュー東映ができたおかげで、先輩たちが監督になって出ていったんです。上がいなくなっちゃった。セカンドになってチーフになって、テンポアップされる。だから、ぼくらのころは八年くらいで監督になっている。もちろん辞めた人とか所長になった人とか、いろんな人がいるけど、とにかく上がいなくなった。そこが松竹とは大きく違うところです。

『勝手にしやがれ』の衝撃

ぼくらが観た見たのは一九六〇年。ビックリしたなぁ、やっぱり。ちょうど東映撮影所で映画の撮り方を覚える頃じゃないですか、カットバックとか。だけど、同じポジションでつないだり、平気でやっていたでしょう。

たとえば、ジャンプカットの問題だって、理論的にはすぐに辿りついたかもしれないけど、同じポジションで時間が経ったって別にいいじゃないっていうのはね。だけど、ゴダールの映画では具体的にやっているのを見ちゃったから、ああこれでいいんだってね。先輩の野田(幸男)さんも、やっぱり興奮して話してました。過去の作品とはやっぱり質が決定的に違うからね。自分が監督になって、現場でどうのこうのしようっていうのはなかったけど、「これが映画だ」とは思いました。

あの頃のゴダールは『気狂いピエロ』とか感動しましたね。あの頃、観た映画っていうのは、戦

1958 年、入社内定後に木村毅先生宅にて（左から名田屋氏、内藤氏、木村先生、讀賣新聞社に内定した杉山公一氏）

前の名作を人世坐で観るっていう時代だから、漠然とフランス映画とかアメリカ映画とかいわゆる名作というのは観ているんだけど、もっと根源的に凄い人たちがいるって思いました。

以前にも学生時代に、映画がここまでやれるんだっていうのはロベール・ブレッソン監督の『抵抗』を観たとき、決定的に「映画は凄い！」って思いました。映画の現場をほんとうにやりたいって思いました。「川島雄三が好きだ」とかそういうのとはまた別に、密室から逃げ出すだけの話なんだけれども、レジスタンス運動をやっているフランソワ・ルテリエを主人公に使って、あれだけ緻密にものをつくるっていうのは、当時の現代文学だってここまではやらないなあっていうか、それくらい驚きました。それがちょうど助監督試験を受けるころだったから、「ここまでやるやつがいるから映画は凄いなあ」って思ったんです。

ゴダール以前にブレッソンなんかを観て、自分がこれから進むのは娯楽映画ばかり撮る会社だけれど、映画は基本的にこういうことができるっていうことを考えました。だから、東映のプログラムピクチュアを撮ったあと、自主映画をやるときは初心に帰るっていうか、アナーキーなことも平気でやるっていうか、そう思いました。

松竹ヌーヴェルバーグと新世代の監督たち

松竹に新しい人たちが出てきたと思いました。吉田喜重の『ろくでなし』(一九六〇年)とか、東映の助監督としては追っかけて観ていました。でも、松竹ヌーヴェルヴァーグというのはジャーナリズムが付けた呼称であって、松竹の新人たちっていう感じでした。

たしかに、新しい時代が来たという感じがしました。早くヌーヴェルヴァーグみたいなのが東映でも出てきて、ぼくたちのやっているルーティンワークをみんなひっくり返しちゃえばいいのに、と。若い助監督たちは誰もが思ったんじゃないかな。わざわざ口には出さなくても気分としてみんなそう思っていたと思います。

たしかに中平康が『狂った果実』(一九五六年)を撮って、それをフランスの連中が観てヌーヴェルヴァーグをつくったっていうけど、そして中平さん自身がヌーヴェルヴァーグは自分の後輩だっていうけど、あれを観て、これがヌーヴェルヴァーグだとは思わなかった。普通に新しい映画だという感じでした。ぼくの個人史として中平映画は、新しくて面白かったけど、『勝手にしやがれ』ほどの衝撃はなかった。

マキノ雅弘監督の現場

マキノさんのチーフは二本くらいやっています。澤井(信一郎)君という優秀な助監督がいるから、ぼくは遊んでいたようなもんだけど、忙しいからB班をたてなくてはいけないというときは、もう緊張して撮っていました。あとはマキノさんの、お話をアハハと笑って聞いているっていう、それだけ。具体的にびしっとした仕事は澤井君が全部やってくれてたから。彼はマキノ門下だからね。東映の場合、助監督のシステムは順番制みたいなものだから、ぼくも助監督としてつくわけだけれども、仕切りは優秀なのがやる。ほとんど遊んでました。

とにかく、マキノさんの著書『映画渡世』みたいな話で、どこまでほんとうなのかなぁって、面白すぎるからね。映画史的に正しいかなんて考えるまえに笑っていた。ぼくは順番制で、たまにマキノさんにつくから全部の話が面白い。でも澤井君なんかは何本もやってるから「またか」って感じがあるんだろうけど、マキノ先生としてはこんな良い聞き役はいないっていうことだったのではないかな。初めて聞く話だからちゃんと質問もするでしょう、そういう点ではよかったんじゃないかなあ。

だから、監督になるっていうときには、「あいつはいいよ。デビューさせてやれ」って言ってくださったらしい。でも、現場で何をやってたかっていうと、働かないで先生の話を聞いた。だって、みんなセットで働いているのにスタッフルームで先生の話を聞いて笑ってるだけでした。B班撮影のときは仕方がないから、緊張して撮りましたけれど。

たとえば、『昭和残侠伝　唐獅子仁義』（一九六九年）の冒頭はぼくが撮影したのですが、本流の芝居に関係しないところとか、主題歌が流れて健さんが殴りこむところとか。一番は先生が撮る。それから二番はぼくです。タッチは全然マキノ調ではないけど、それなりに一生懸命に全カット自分でも絵コンテを書いてました。自分の作品ではコンテなんて書いたことはないのに。

マキノさんのB班につく以上、さすがに自分でコンテ書いて、スタッフにこういうふうに撮りたいってね。マキノさんだとさーっと健さんが歩いているだけ。ぼくのほうはクレーンまで使ってなんか面白くしたいと思っていろいろやってね。編集して観たらB班はオーバーで大袈裟。だから、ぼくがB班で撮るときは、マキノさんに画調を合わせようと思って、芝居を撮るときはカメラも二台使ったけど、出だしとかそういうところはどうしても1カメラで撮りたいってなっちゃう。二台だと撮れないいんだよね。いい画っていうのをどうしても考えてしまう。もうひとつのカメラが邪魔になっちゃう。

そういう発想だからね。でも、マキノさんは芝居中心だからハリウッドみたいに二台のカメラで撮るんですよ。

ミュージカル映画『乾杯！　ごきげん野郎』の現場

とにかく、瀬川さんは面白い人でした。いまだに現役だからすごい。『乾杯！　ごきげん野郎』の撮影時は、予算はなかったけど瀬川さんのアイデアでカバーして面白かったですね。瀬川さんのお兄さんが有名なジャズ評論家の瀬川昌久さんで、その家にクラリネット奏者のトニー・スコットが寝泊りしていたから、ぼくが迎えに行って、「おまえのいいかげんな英語が一番通じるんだよ」なんていわれて。会社からハイヤー出してもらって送り迎えしました。セカンドでついていたけど、出演するジャズクラブのシーンではコンテにも口をはさんで、「ナイトフォールのブルース」をトニー・スコットが演奏するとことか。彼はアメリカのジャズマガジン『ダウンビート』誌のクラリネットのランキングでトップだったたと思います。

撮影が終わってセッションがはじまって、ジャズをやってた俳優さんが出ていたからね。南廣のドラムスはフランキー堺と双璧をなすくらい。台詞はトチってもドラムスは良かった。それに世志凡太のベースも一流だった。彼らが撮影は終わったのにトニー・スコットに合わせて演奏しちゃったんですよね。

成澤昌茂監督と渡辺祐介監督

成澤監督は自分で動くのではなく、役者の耳元でぼそぼそとやってました。自分のイメージにはめようと、ぼくらはどんどん進めちゃうけれど、成澤さんの場合、自分のイメージにたどりつくまで根気よく待つ。あまりモンタージュを気にしない。同じ東映でも与えられる素材がわれわれとはぜんぜん違うから一概に比較はできないけれども、やり方が違うんですよ。

『雪夫人繪圖』(一九七五年)のときは、雪婦人の歩いた跡ということで冷たい雪のなかを足跡を点々とつける撮影がありました。溝口流のリアリズムで実際の人間の足跡じゃなきゃいけないっていうことになった。ほんとうにリアリズムだったら雪婦人の佐久間良子さんが足跡つけなきゃいけないはずなんだけどとボヤキながらB班監督のぼくが裸足で雪の上を歩きましたよ。

渡辺監督はひたすら真面目な人で、一生懸命喜劇をやろうとするし、デビュー作の『少女妻　恐るべき十六才』(一九六〇年)がいい映画でね、ぼくらは大蔵貢の新東宝映画も面白いなんて平気で言っちゃうでしょう、すると「何を言ってるんだ!」って怒られたりしてね。大蔵体制を俺は許さないっていうところがありました。

瀬川さんの後輩で、『九ちゃんの大当りさかさま仁義』(一九六三年)では、九ちゃんとかジェリー藤尾とかが歌った唄をぼくが作詞したりして。多作な監督で何でも撮れちゃうから、彼ならできるだろうって信頼されていました。

未映画化の脚本

助監督時代は、『不良番長』シリーズを一緒に撮ることになる野田幸男監督たちとシナリオを書いていました。脚本をつくるくらいしか憂さ晴らしもできないし、つくれば必ず企画部に持って行きました。自分が映画をつくるようになってから、台詞とかはワンシーンを使っちゃえとか、そういうことはしていたけど、自分が監督になるまでシナリオは一本も映画にはならなかった。『勝手にしやがれ』の影響で『とぼけて走れ』っていうのを書いたり。ぼくが書くから起承転結があってストーリーテリングしちゃうんだけど、アレン・ギンズバーグの詩なんかが出てきたりね。

それを深作監督が読んで、あれはなかなかいいからって、『誇り高き挑戦』(一九六二年)で使ったりね。まだ翻訳が出る前だから、勝手に使っちゃって大丈夫ですかって聞いたら、ギンズバーグがこの映画を観るわけはないっていうことで出しちゃった。

学生時代にアメリカ文学研究会っていうのに入っていたし、助監督で欲求不満だから紀伊國屋書店洋書売場に行って、まだ翻訳されてない本を見るという趣味があった。

『戦いの遠いこだま』っていうのも書いたんだけど、これはサリンジャーの『ライ麦畑でつかまえて』がまだ翻訳が出ていない頃に紀伊國屋で買って、簡単な英語だから読んで、このストーリーテリングはいいなあと思って一級下の助監督の館野彰、のちに塙五郎というペンネームで名シナリオライターになる彼と一緒にシナリオを書きました。

フットボール選手の兄とその妹を主人公にしたハイティーンもの。妹とは仲がいいんだけど、学校とかいろいろなものへは嫌悪感を抱いて反抗している兄の話。シチュエーションはサリンジャーなんだけど、いい台詞は使おうっていうことで、台詞もそのまま和訳しちゃってパクリでシナリオを書いちゃった。あんな偉い作家とは知らなかった。

他には脚本をなくされちゃったんだけど、清水一家が清水港で沈没した咸臨丸を引き上げ、これからは英語の時代だというんで、梅蔭禅寺で英語塾を開いて、ときあたかもカルフォルニアで金鉱が発見されたから清水一家がそれを手に入れに行くっていう喜劇。ビリィ・ザ・キッドが出てきたり、これでデビューしようと書き上げたんだけど、スケールが大きすぎるっていうことで相手にしてもらえなかった。

幻の鈴木清順監督作品

武田鉄矢の海援隊『母に捧げるバラード』が元にあった企画でした。あのとき、鈴木さんの意見で印象的だったのは、やっぱり吉原がみんなトルコ風呂になっちゃうんだけど、一軒だけ逆らっている店があるというのが舞台として面白いということ。

それが東映ではできなくて、そのストーリーをほとんどいじらないで、荒戸源次郎製作でぼくが『時の娘』(一九八〇年)という題にして監督しました。もうひとつ全然違う『母に捧げるバラード』のストーリーを書いたんです。それまで関わってくれていた脚本家・佐々木守さんが多忙で、鈴木さんとふたりでシノプシスまで書いた。やくざ映画に近いものにしていたと思うけど読み直してないからあまり覚えていません。

それをやっと書き上げたころ、もう期限切れになっちゃった。それで解散しちゃったんです。最初は山の上ホテルでやってて、格好よかったんだけど、二カ月くらいやってたような気がする。だんだん金がなくなってきて、最後はぼくのところでやっていたからね。ぼくと清順さんと膝つき合わせて、妻が料理をつくって。

大島渚監督予定の『日本の黒幕』

同名の映画が東映で降旗(康男)さんの監督で撮られるときに電話がかかってきて、「いいとこ使っていいな?」って。ぼくはもちろん好きなようになさっていいじゃないですかっていってね。だから随所に似たところはあるんだとは思います。

ぼくらが書いてたやつは、『日本の首領』(一九七七〜七八年)とか、東映の伝統があるじゃないですか、それに近づけてやれば映画化できたかもしれない。

でも、テロリストの少年に焦点を当てて、赤い靴の少女は川喜多和子のイメージを入れようなんてことを考えてたなぁ。大島さんと一緒に京都の旅館でね。だけど、あれも期限切れ。大島さんは週に何日かテレビの『女の学校』とかの収録のために東京へ帰っちゃう。この間もぼくはやっていたんだけどね。もうひとり客観的な感覚の人がついてたほうがよかったかもしれないなぁ。

幻のデビュー作

ぼくのデビュー作は『不良番長　送り狼』(一九六九年)とプロフィールには書かれていますが、それ以前に東映製作のドキュメンタリー映画『これがベトナム戦争だ!』(一九六八年)という作品を野田真吉さんと共同で演出をしています。映画の公開時以来、見直してはいませんが、いまでも見たいと思っています。

イラク戦争が起きたとき、ひょっとしてやらないかなぁと思って、東映チャンネルのプログラムをよく見てたんだけど、やらなかった。社員はそんな映画があることを忘れているかもしれない。東映の公開年表を見れば、ちゃんと載っているはずですけどね。台本は私が持っています。

たしか村山新治監督の『あゝ予科練』(一九六八年)の添えものだったと思います。スタンダードのモノクロ映画です。北ベトナムと南ベトナムのフィルムが手に入るルートがあって、いかにも東映らしいんですけど、それをモンタージュしてつくったんです。

野田さんが政治的な立場でタイトルを出すことができないっていう理由があって、ふたりで共同でやってたんですけれども、野田さんのタイトル出すとフィルムを提供しないっていうことがあってね。ぼくもタイトルはなし。仕上げはぼくだけで、途中から野田さんは作業できなくなっちゃたんだね。だけど、コンセプトは一緒にやりましたから共同演出ということになって。野田さんもそう書いてます。

ほぼニュースフィルムだけで、仕事は編集をふたりでしてたっていうことと、ナレーションをつくったていうこと。ほんとうは、ふたりの名前をタイトルに出していいんだけれども、それが出せないから大宅壮一さんに監修になってもらったんです。なかなかいいアイデアを出してくれました。当時の「少年マガジン」でやっているように、武器の名称はスーパーインポーズして全部入れろとかね。そういうのが、なかなか面白くて、さすがだなと思いました。ぼくにも野田さんにもああいったエンターテインメントの方向性がなかったから。

野田さんは、ひたすら真面目な人でした。その後もときどきお会いしました。あのときの経緯は『ある映画作家　フィルモグラフィ的自伝風な覚え書』（泰流社）に書いてあるとおりです。彼はそういうキャリアで生きてきましたから。

ぼくのほうは「不良番長」シリーズのポジションだから、別になんの問題もなかった。音楽は間宮芳生です。いい音楽だったと思います。だから間宮さんも、監督たちがタイトル入れないんだったら、私も仕事だけしてタイトルは入れませんって言い出して。間宮芳生の音楽なのに彼のタイトルも入ってない。だから、タイトルが入ってるのは大宅さんだけ。不思議な映画です。だけど、東映で公開するのになんの問題もなかった。むしろ大宅さんの名前があればいいってことでした。

ぼくは大宅さんと一緒にダビングやったり編集の意見を聞いたりしてた記憶はありますけど、大宅さんと野田さんはひょっとしたら一緒に作業してなかったかなぁ。後半、ぼくがひとりでやってたっていう記憶があるから。ただ、嫌がってはいませんでしたよ。公開できることのほうがよかったし、ギャラも野田さんにちゃんと入るわけだし。ぼくは社員でしたから、どちらでもよかったんです。

台本は野田さんと一緒に書きました。野田さんの意見が十分に入った脚本です。ぼくはまだ新人というか助監督みたいなもんですから、ほんとうによく打ち合わせはしました。野田さんが映画をつくると呼んでくれたりして、生前はよく付き合いました。ああいう真面目な人と付き合って、よかったと思います。

プログラムピクチャーとは何か

二本立て興行の添えもの低予算映画には新人があてがわれるため、そこから意欲的な作品が登場するという現象が多くありました。当時の低予算映画は、『番格ロック』(一九七三年)はそうではないけれど、ひとりでホンを書いてひとりで撮るという監督は、東映ではあんまりいなかったはずです。だから『ネオンくらげ』(一九七三年)でも、『十代　恵子の場合』(一九七九年)でも予算が安ければ好きなことやっていいよって言ってくれたからやったんです。

『ネオンくらげ』については、当時の社長がわけがわからないところがあるけど、予算も安いし、新人使うっていうし、どうせ添えものだからやりなさいっていう感じでした。音楽を担当してもらった三上寛のLPレコードから自分でストーリーつくってね。社長もなんだか分からんけど、ひとりでホン書いて撮る、安いからオーケーしたって。それで試写を観て、「おお、これは続編だ!」といえるとこが社長のスゴイといえばスゴイところ。だけど、そう思うんなら最初からもうちょっと予算つけて、ライターも雇ってちゃんとやれっていえばいいのにね。続編はぼくは一本撮ったんだからって感じになってやらないいんですけども、同期の山口和彦が撮りました。

ぼくが東映で撮った最後のプログラムピクチャーが『十代　恵子の場合』で、もっと予算なくて、東京都の麻薬追放のための「十代　恵子の場合」っていうパンフレットを岡田茂社長が読んで、これを低予算でつくれって。だからライターも雇えない。

そのときは、みんな一生懸命やってくれるんだけど、疲れたって感じでした。だって風間杜夫さんも殿山泰司さんもみんな、テレビで付き合ってた人にちょっと出てよってやってるわけだからね。それから自分が新人として抜擢した森下愛子を、今度は主演でやってくれとかね。そういう感じでやってると、最後はほんとうに疲れてきて、やっぱり低予算映画もいくとこまでいったんだろうなあ。

七〇年代後半のプログラムピクチャー

プロデューサーの荒戸(源次郎)さんと自主映画をやってるほうが楽だったかもしれません。だから『俗物図鑑』(一九八二年)を自主製作で予算六百万円でつくっているとき、そんなに金がないとも思わなかった。映画に出たいっていう人を集めて、十六ミリだけどカメラマンは一流の阪本善尚だからね。楽ですよ。角川の大作が主流になってからB級はほんとうに金がなくなった。添えものが『不良番長』の頃と比べると予算がなくなっちゃったんだ。B級映画っていうのがほんとうにしけちゃったからね。

結局、七〇年代の映画というのは、セックスとバイオレンスが抜きがたい要素としてあって、それを抑えつければ貧弱なものになっちゃうと思います。それは三島由紀夫がいっているとおりで、それを無視したら成立しないです。特にぼくらの時代の東映はそうですね。そういう表現方法なんかとらなかったっていうときもあるけど、荒戸さんとか筒井(康隆)さんのお金で撮るときは、東映と同じ表現方法なんかとる必要ないしね。それはそれでいいと思うんです。東映でも児童映画ではそんなことはしないんだから。それで同じ人が撮ったのかって批判されても仕方がない。児童映画もよく撮りましたからね。みんな生活を抱えてるからっていうこともあるんだけど、嫌々撮ったものなんかはないです。基本的にはやる気になってやっている。映画界では、いまの人も同じだと思うけど膨大な仕事をこなさないと生き抜けないから、よく働きました。

一九六九年、石井輝男監督が『徳川いれずみ師　責め地獄』を撮影していたとき、東映京都撮影所では助監督から批判声明が出ました。いわゆる「異常性愛路線」と呼ばれる一連の作品は東映の厚顔無恥な金儲け主義の道具となり下がっている、と。でも、ぼくが石井さんの助監督をやったとかそういうのではなくて、作家がやりたいんだからそれでいいと考えています。前貼りをつけたり、具体的に作業をする人たちは、大変だったとは思いますが。

ぼくだってラピュタ阿佐ヶ谷でやればR指定になる『ネオンくらげ』とか撮っているし。だけど一生懸命に撮ってたからね。石井さんがハードにやろうがどうしようが、それは立場は同じだからね。作家の自由だといまでも思っています。石井さんの京都時代の作品は、掛札(昌裕)さんがずっとホンやってたと思うけど、あの人にぼくもホンを書いてもらったりしたくらいですからね。京都の演出部の反対声明にはぼくは同調しません。小松範任なんかがそれについてはきちんと書いてるけれども、東京の監督たちは全員なんの問題もなかったんじゃないですかね。

『番格ロック』の企画

『ネオンくらげ』をやってたとき、寺西国光さんという東映での同期生がプロデューサーなんですけど、一緒に演出部に入ったけどプロデューサーにまわって、そっちで偉くなっちゃった人なんです。山内えみこを『ネオンくらげ』で初主演させたんだから、もう一本やろうということで始まって。大和屋竺さんとかとも仲良くしているし、キャロルというバンドも川崎にいるし、これで企画を通しちゃうからって、そういうことだったんです。

あの頃になると俳優も、梅宮(辰夫)とか山城(新伍)なんかみんな『仁義なき戦い』にとられちゃって値段も上がってるしね。だから、女の子じゃないと、いきなり主演ってならない時代になったんです。低予算映画の行き着くところは女性が主演の映画というふうになるんじゃないですか。

女番長的な映画を撮っているくせに意識して観てないんだよね。鈴木(則文)さんとかいろんな人がやってるじゃないですか。だけど「女番長映画」を撮るという意識がぼくにはないから、まず大和屋さんもホン書くときに女番長モノを書いてくれといわれても研究してなかったと思うんです。

だから似ても似つかない流れになってきちゃうんだよね。だいたい、やくざ映画を撮ってる会社にいるくせに、あまりやくざ映画を観に行かないからね。だから、ぼくが撮った添えものが浮いてるということはあったかもしれません。

たとえば、ぼくの監督した『夜のならず者』(一九七二年)が藤純子の引退記念映画『関東緋桜一家』(一九七二年)の添えものになって、俊藤(浩滋)さんに「おまえのはマキノさんの仁侠映画の添えものになるんだから気合い入れてやってくれよ」といわれると、真面目な監督なら本編の笠原和夫さんの脚本を読むはずなんだよね。ぼくは全然読まないで、そちらは豪華キャストでやるんだから俺は俺の好きな小さいことやってりゃいいっていう感じだから。そういうことも気にしない時代でした。まず、相手を食ってやろうとか、みんないうじゃないですか、そういう意識すら欠けてるとこがあったんじゃないかなぁ。だから仁侠映画なんてほとんど観ずにアメリカ映画のギャング映画とか、ロジャー・コーマンの映画があったら、そっちを観ちゃってね。少ない時間で観たいものを観ちゃおうっていうところがあったから。だから確かに浮いてたかもしれないなぁ。

上映時間は九十分未満

短いっていうか、普通一時間三十分くらいになるだろうなぁっていってても、ぼくが撮ると一時間二十分くらいになっちゃう。だから会社からは「八十分超えてればいいよ」っていわれることがよくあって、『番格ロック』なんていま観ていると切りたくてしょうがないもんね、なんてことしてるんだ余計なことをってところがね。

『時の娘』みたいに自分でホンに付き合ってても長くならないですね。『ネオンくらげ』も自分で書いたけど、会社から「一時間にはしろ」っていわれて、脚本を書いているときは、もうこれだけ話があれば、あとの話はいいやって思っちゃうんですね。自分でホン書いてると、なにやったって長くならないです。こんなのは余計なことだと思ってる。だから、ほんとうは詩みたいな映画をつくってるのが一番向いているんですよね。テオ・アンゲロプロスの『旅芸人の記録』(一九七五年)なんかは、あそこまでいくと、すごいなぁと思えるんですよ。でも、最近の日本映画で二時間ある映画などは、名前出さないけど、こんなの一時間半じゃないかと観てて思っちゃうんですね。だから、繰り返して同じことをいってるのが嫌いなんでしょうね、体質的に。

「不良番長」シリーズなんかでも嫌で嫌でしょうがないのが、人間が死ぬシーン。東映の映画ではよくやるじゃないですか。脚本にも書いてあるし。あれなんか、ほんとうにもう死んじゃったんだろうって。次のシーンでわかるだろうっていうふうに全部いまでもカットしたいと思うんです。会社の体質で、冠婚葬祭にはうるさいから。もうヤケクソで目つぶって、嫌で嫌でしょうがないから、自分でホン書くときはそういうシーンはないように努力するっていうか、そういうところが絶対にあるんです。他人がやっているぶんにはいいんだけど、自分でやるのはかなわんなぁっていう気がします。だから、もし京都に行って仁侠映画つくらされていたら、ほんとうに困っちゃっただろうなぁ。

ただ、児童映画を撮りに行くと、そういうもんだと自分で覚悟を決めて撮りに行くから、ぼくが学研映画で撮った『わたんべ』(一九七九年)とか、これは心臓手術する少年の話で読売の賞をとったのを映画化したんだけど、ホンはほかの人が書いてくれるし、それをテクニックだけで撮っていくから案外、文部大臣賞から教育映画祭関係から賞を全部もらっちゃうんですよ。ほんとうはそういうことがぼくのなかで必要だったんだろうね。先輩がやってるようなきちっとした起承転結のホンで、情緒性も社会性もあったり、いろんなことがあって、テクニックだけできちっと勝負してストーリーを紡ぎなさいっていうものがね。

これまでプログラムピクチャーを東映でずっと撮ってきて、B級映画を撮りつづけているヤツが年齢的にA級映画を撮ってもいいということがあったら、堂々たる大作をあてがわれて、きちっと撮るっていうことをしたんだろうね。でも、映画黄金期からは遅れた世代だったから困っちゃうということなんだけど、そのかわり、いろんな本を出版したりして人生を楽しんだから、いいんじゃないかっていうことです。

アフターアワーズ（名田屋昭二）

内藤誠からこの本の企画を持ち込まれたときは、断るしかあるまいと思った。坪内祐三さんの司会で、二人がこれまで歩いてきた世界と時代を大いに語ろうという。すでに何冊かの本を出している内藤はともかく、わたしは自分のキャリアを振り返って、語るほどのものがあるとはとても思えなかった。どんな本になるのか見当もつかず、坪内さんに迷惑をかけるのではないかと不安であった。内藤には、「ほんとうにこんなことで本になるのかい？」と幾度も尋ねたものだ。

内藤とわたしは同じ大学で同じ先生に指導を受け、同じ年に卒業して、彼は映画界に、わたしは出版界に身を投じ、十年後にそれぞれ商業映画監督と週刊誌編集長になった。映像と活字の違いこそあれ、同時代の空気を表現することに汗をかいた点で、お互い共感するものがあるかもしれないと思い直し、あとは坪内さんに任せることにした。

対談・執筆の作業を続けるにあたって、二つのことに留意した。一点は、自分を語るとき、それが自慢話と受け取られないよう気をつけること。とかく自分のやってきた仕事のことを話すとなると、その陥穽に落ちやすい。あれもわたしがやった、これもわたしは真相を知っているという手柄話だ。極力避けたつもりだが、ために面白い話を遠ざけ、つい口も重くなる。読者にはわたしの話に興味を失わさせることになったのではないか、それが気がかりである。

もう一点は、私の話に登場する人たちのプライヴァシーを侵さないよう配慮したことだ。気を遣い過ぎて、これまたわたしの話を興味半減させたかもしれない。

それともうひとつ、わたしが大好きだった雑誌編集者という仕事そのものについて、もう少し詳細にふれておきたかったと思う。ともあれ、いまは、出版界に詳しい坪内さんと記憶力抜群の内藤さんの二人に助けられて、なんとか自分の役目を果たせたことに安堵し、感謝しています。まだまだ話したいことはいっぱいあったけれど……。

二〇一五年秋

アフターアワーズ（内藤誠）

この本を作ろうとした企画意図についてはすでに本文中で語っているので、ここでは改めて、くだくだしく述べる必要はないだろう。

しかし、坪内祐三の名著『昭和の子供だ君たちも』に「映画監督の内藤誠さんと講談社で『週刊現代』や『ペントハウス』の編集長だった名田屋昭二さんの語り下し対談集の司会役をつとめていて」という一節があり、あとに続く文章から第一回目の対談は二〇一二年十月のことだと分かるので、ずいぶん時間をかけて作った本である。

その間、映画『明日泣く』の公開から次回作『酒中日記』の撮影準備へとわたし個人としては多忙すぎて、本の刊行について手を抜いてしまったことは事実。むしろ主役の名田屋はプロの編集者だから、なんとかしてくれるだろうとも思っていた。

事実、名田屋は二度、長時間にわたり話し合った対談に不足している部分を感じ、『編集ばか』というタイトルをつけて刊行することを引き受けてくれた編集者の河野和憲氏を相手に単独インタビューをした。

いっぽう、わたしのほうは、坪内祐三氏が編集に加わっている雑誌「en-taxi」に書いたエッセー二本と、寺岡裕治氏が二度にわたってインタビューしてくれた回顧談を河野氏のアレンジで抄録することで、これに代えた。

この小さな本は、なぜかいつも昂って多忙だった、「週刊誌とプログラムピクチャー」の時代への記録として、わたし個人としては愛着があるのだが、周辺の方々には、さんざんお世話をかけた。編集協力の皆川秀、内藤研、寺岡裕治の諸氏には感謝いたします。とりわけ拙作映画二本の出演に続き、多忙のなか司会を引き受けてくれた坪内祐三氏にはこころからお礼申しあげます。

二〇一五年秋

【著者紹介】

坪内祐三（つぼうち・ゆうぞう）

1958年東京生まれ。文藝評論家。早稲田大学大学院文学研究科修士課程修了。著書には『人声天語２』（文春新書、2015年）『慶応三年生まれ七人の旋毛曲り』（マガジンハウス、2001年、第17回 講談社エッセイ賞受賞）等、多数。

名田屋昭二（なだや・しょうじ）

1937年京都府生まれ。編集者。1959年、早稲田大学政経学部卒業。同年、講談社入社。雑誌「週刊現代」「ペントハウス」等の編集長を務める。

内藤誠（ないとう・まこと）

1936年名古屋市生まれ。映画監督。1959年、早稲田大学政経学部卒業。同年、東映入社。主な著書には『シネマと銃口と怪人』（平凡社）『昭和映画史ノート』（平凡社）『偏屈系映画図鑑』（キネマ旬報社）『監督ばか』（彩流社）等がある。

フィギュール彩㊵

編集《へんしゅう》ばか

二〇一五年十一月二十日　初版第一刷

著者——坪内祐三・名田屋昭二・内藤誠
発行者——竹内淳夫
発行所——株式会社 彩流社
〒102-0071
東京都千代田区富士見2-2-2
電話：03-3234-5931
ファックス：03-3234-5932
E-mail：sairyusha@sairyusha.co.jp
印刷——明和印刷（株）
製本——（株）村上製本所
装丁——仁川範子

ISBN978-4-7791-7041-6 C0336

http://www.sairyusha.co.jp

フィギュール彩

〔既刊〕

①人生の意味とは何か

T. イーグルトン◉著　有泉学宙／高橋公雄他◉訳

定価（本体1800円＋税）

「人生の意味とは何か？」と問うこと自体、哲学的に妥当なのだろうか？　本書は、オックスフォード大学出版局から出ているシリーズ“A Very Short Introduction”の一冊。

②イギリス文化と近代競馬

山本雅男◉著

定価（本体1900円＋税）

イギリス近代競馬の発祥など、競馬にまつわるエトセトラをとおして、近代競馬発祥の国、イギリスの文化を知る画期的な文化論。

③ジョルジュ・サンドと四人の音楽家

リスト、ベルリオーズ、マイヤベーア、ショパン

坂本千代／加藤由紀◉著

定価（本体1700円＋税）

十九世紀フランスで常に文化の中心にいたジョルジュ・サンド。女性作家が書いた小説や日記などを通して、音楽史へ多大な足跡を残した四人の音楽家たちを浮かび上がらせる。

フィギュール彩

〔既刊〕

⑫ 大人の落語評論

稲田和浩◉著

定価(本体1800円＋税)

ええぃ、野暮で結構。言いたいことがあれば言えばいい。書きたいことがあれば書けばいい。 文句があれば相手になるぜ。寄らば斬る。天下無双の批評家が真実のみを吐く。

⑱ 忠臣蔵はなぜ人気があるのか

稲田和浩◉著

定価(本体1800円＋税)

日本人の心を掴んで離さない忠臣蔵。古き息吹を知る古老がいるうちに、そういう根多の口演があればいい。さらに現代から捉えた「義士伝」がもっと生まれることを切望する。

⑲ 談志　天才たる由縁

菅沼定憲◉著

定価(本体1700円＋税)

天才の「遺伝子」は果たして継承されるのだろうか？　落語界のみならずエンタメの世界で空前絶後、八面六臂の大活躍をした立川談志の「本質」を友人・定憲がさらりとスケッチ。

フィギュール彩

〈既刊〉

⑪壁の向こうの天使たち

越川芳明◉著

定価(本体1800円+税)

天使とは死者の声かもしれない。あるいは森や河や海の精霊の声かもしれない。「ボーダー」映画の登場人物たちの心に共鳴し、「壁」をすり抜けるエネルギーと知恵を吸収しよう。

⑯監督ばか

内藤誠◉著

定価(本体1800円+税)

「不良性感度」が濃厚な東映プログラムピクチャー等のＢ級映画は「時代」を精緻に反映する。カルト映画『番格ロック』から最新作『酒中日記』まで監督・内藤誠の活動を一冊に凝縮。

㉝亡国の罪

工藤寛治◉著

定価(本体1800円+税)

《あなたは共犯者なのかもしれない？》元・大手映画会社「東映」の経営企画者だった著者が満を持して、いまだからこそ提言する「憂国」の書。これを書かずには死ぬに死ねない！

フィギュール彩

《既刊》

㉑紀行　失われたものの伝説

立野正裕◉著

定価（本体1900円＋税）

荒涼とした流刑地や戦跡。いまや聖地と化した「つはものどもが夢の跡」。聖地とは現代において人々のこころのなかで特別な意味を与えられた場所。二十世紀の「記憶」への旅。

㉟紀行　星の時間を旅して

立野正裕◉著

定価（本体1800円＋税）

もし来週のうちに世界が滅びてしまうと知ったら、わたしはどうするだろう。その問いに今日、依然としてわたしは答えられない。それゆえ、いまなおわたしは旅を続けている。

㊲黒いチェコ

増田幸弘◉著

定価（本体1800円＋税）

これは遠い他所の国の話ではない。かわいいチェコ？ロマンティックなプラハ？いえいえ美しい街にはおぞましい毒がある。中欧の都に人間というこの狂った者の千年を見る。